JOSÉ ALBERTO AGUILAR CORTEZ

MANUAL DO BOLEIRO

CUIDADOS PARA UMA PRÁTICA SEGURA E PRAZEROSA DE FUTEBOL COM OS AMIGOS

José Alberto Aguilar Cortez

MANUAL DO BOLEIRO:
Cuidados para uma prática segura e prazerosa de futebol com os amigos

MouraSA
Curitiba – Brasil
2020

Copyright © da MouraSA Ltda.
Editor-chefe: Railson Moura
Diagramação e Capa: MouraSA
Imagem da capa: Shutterstock
Revisão: Analista de Línguas da Editora CRV

DADOS INTERNACIONAIS DE CATALOGAÇÃO NA PUBLICAÇÃO (CIP)
CATALOGAÇÃO NA FONTE
Bibliotecária Responsável: Luzenira Alves dos Santos CRB9/1506

C827

Cortez, José Alberto Aguilar.
    Manual do boleiro: cuidados para uma prática segura e prazerosa de futebol com os amigos / José Alberto Aguilar Cortez – Curitiba : CRV: 2020.
84 p.

Bibliografia
ISBN Digital 978-65-5868-532-6
ISBN Físico 978-65-5868-533-3
DOI 10.24824/ 978655868533.3

1. Esporte 2. Futebol – orientações práticas I. Título II. Série.

CDU 796.33   CDD 796.334

Índice para catálogo sistemático
1. Esporte – futebol 796.334

ESTA OBRA TAMBÉM ENCONTRA-SE DISPONÍVEL
EM FORMATO DIGITAL.
CONHEÇA E BAIXE NOSSO APLICATIVO!

2020
Foi feito o depósito legal conf. Lei 10.994 de 14/12/2004
Proibida a reprodução parcial ou total desta obra sem autorização da MouraSA
Todos os direitos desta edição reservados pela: MouraSA – um selo da Editora CRV
Tel.: (41) 3039-6418 – E-mail: sac@editoracrv.com.br
Confira nossos lançamentos em: **www.editoracrv.com.br**

SUMÁRIO

PREFÁCIO 7
João Carlos Della Manna

PRÓLOGO 9
Nadir Zacarias

I INTRODUÇÃO 11

II PREPARAÇÃO FÍSICA DO BOLEIRO..................................13

**III FATORES QUE INFLUENCIAM O
DESEMPENHO DO BOLEIRO** 25

**IV O DESEMPENHO TÁTICO
DO BOLEIRO NO FUTEBOL**..47

**V MINHA HISTÓRIA NO FUTEBOL
– UM AUTÊNTICO BOLEIRO** 55

PREFÁCIO

João Carlos Della Manna[1]

Muito oportuna a abordagem do nosso querido professor Cortez neste seu novo livro. Me identifico muito com o tema, pois a narrativa coloca todos os boleiros na mesma página. Importante destacar a paixão pelo futebol de pai para filho. Neste caso, quatro gerações. Desde o pai do Cortez, passando pelo seu filho e agora seu querido neto. Ele destaca com amor e carinho o sentimento de família que o esporte propicia.

Destaca também e, que eu concordo totalmente, é em relação a amizade.

Quantos amigos queridos que o futebol nos proporciona. As suas palavras deixam uma marca muito profunda de respeito, companheirismo, parceria, amizade etc.

Importante este testemunho para novas gerações, pois o futebol não discrimina raça e religião. Muito menos separa o grande craque do "perna de pau". Na pelada todos têm a mesma oportunidade.

O bom são os momentos de descontração e lazer. A pelada é democrática.

Talvez, ao longo desta caminhada pelos campos de várzea, *society* ou quadras esportivas, tenhamos nos encontrado com camisas adversárias. O importante é que com suas palavras ele nos deixa vestindo a mesma camisa.

---

1   Engenheiro civil com especialização em arquitetura pela Universidade Mackenzie. Diploma de Cidadão Benemérito dos Bairros do Butantã e Pinheiros.
Currículo de boleiro:
Colégio São Luiz, várias vezes campeão intercolegial.
Engenharia Mackenzie. Tri campeão Universitário e bi vice campeão.
Esporte Clube Pinheiros: campeão interclubes algumas vezes, desde o juvenil até os veteranos.
Clube Atlético Monte Líbano: vice campeão interclubes.
Sambalanço: Seleção de jogadores da Várzea Paulista.
Brasilzinho de Pinheiros: vice-campeão do torneio do festival da Vila Madalena no campo do Leão do Morro.

Muito agradável e prende nossa atenção desde a 1ª folha a leitura deste livro. A sua descrição de todas as etapas de sua caminhada de grande craque do futebol amador é muito inspiradora.

Vamos recomendar para todos os amigos, boleiros ou não.

PRÓLOGO

Nadir Zacarias[1]

O autor é Professor Doutor da Escola de Educação Física e Esporte da USP e, é considerado uma das autoridades em condicionamento físico para a prevenção e recuperação de pacientes com diferentes patologias.

Tem longa e profícua vida acadêmica, sendo sem dúvida, nestes mais de cinquenta anos, personalidade respeitada na cardiologia e na medicina esportiva. Seus conhecimentos são reconhecidos por todos e, por seus pares, de forma incontestável.

Professor Cortez mostra neste livro, detalhes da vida de um boleiro, que como ele também somos. Faz uma narrativa de um verdadeiro boleiro, seus desejos, suas ansiedades, onde a prática do "futebol de fim de semana" é tão importante não só para satisfação pessoal, mas, principalmente, pelo companheirismo que resulta dessa atividade. As amizades aí construídas se tornam permanentes e sinceras embora, às vezes, permeadas por competição ainda assim salutar.

Discorre com uma verve deliciosa, agradável, descortinando lembranças de um passado muitas vezes distante do qual tive a oportunidade de participar.

Retrata duas facetas bem distintas, a primeira extremamente

---

1 Prof. Dr., Médico Especialista em Gastroenterologia formado pela PUC de Sorocaba Credenciado pelos hospitais: Sírio Libanês, Santa Catarina, Oswaldo Cruz. Idealizador da primeira campanha de detecção de diabetes na cidade de SP. Vários artigos publicados em revistas e livros na área médica. Cidadão Paulistano – título conferido pela Câmara Municipal de SP em 2005.
Currículo de boleiro:
Sempre fui apaixonado pela prática do futebol desde a infância. Iniciei minha carreira no infantil do Esporte Clube Alvorada de Jacarezinho. Posteriormente joguei em Piracicaba onde enfrentei Mazzola que jogou na S.E. Palmeiras, nas seleções brasileira e italiana. Fui vice-campeão universitário em 1956 jogando pela Faculdade de Medicina de Sorocaba. Como médico disputei vários jogos na várzea de São Paulo. Posso dizer com segurança que o futebol está impregnado na minha pele. Serei sempre um boleiro discutindo e analisando com o entusiasmo de quem ama o futebol.

técnica, analisando com sua experiência, sem dúvida produto de longos anos em sua profissão, todos os fatores que podem levar o boleiro à prática do futebol de forma segura e com desempenho muito acima daquilo que vemos no dia a dia. O esmero como analisa cada item com os mínimos detalhes é de tal importância que esse compêndio não deve ser lido apenas pelos boleiros, mas sim por todos os profissionais envolvidos neste esporte tais como: médicos da área esportiva, cardiologistas, clínicos, fisioterapeutas, profissionais de educação física, nutricionistas e tantos outros.

Diante do exposto, recomendo como leitura obrigatória a todos, em especial para os profissionais da área, tamanha a profundidade que os itens são enfocados, principalmente no que diz respeito ao futebol jogado aos finais de semana, conhecido por todos como pelada.

A segunda parte mostra sua vivência como boleiro e o seu fanatismo pelo futebol retratando-o com a propriedade de quem conhece e pratica o esporte. Ao lermos suas façanhas sobre fatos ocorridos no passado resgatamos, de forma contundente, a nossa vida como boleiro, desde nossa infância até a terceira idade, quando abandonamos esta atividade.

Cada situação minuciosamente colocada dá vida aos anseios de infância vividos ou sonhados por todos os leitores.

Agradeço ao professor Cortez a oportunidade, não só pelo conhecimento desta obra, mas também por permitir a relembrança de momentos memoráveis vividos como boleiro.

I
INTRODUÇÃO

A decisão de escrever sobre as precauções necessárias para praticar futebol com segurança, durante muitos anos, surgiu por acaso. Fui convidado por uma emissora de televisão para participar de um programa cujo tema era a importância do aquecimento antes das peladas.

Os boleiros escolhidos para a gravação da entrevista tinham, como características principais, a idade, acima de quarenta anos e o fato de jogarem juntos há dezessete anos. Minha intervenção tinha como objetivo ensinar, da maneira mais objetiva e prática possível, o que deveria ser feito, porque e como na fase de aquecimento.

O tempo na televisão é curto e, de um período longo de gravação, são pinçadas frases e situações que podem não corresponder a expectativa do telespectador. Diante do desafio e da situação de improviso com a câmera focada em você, ao vivo, não é fácil para o entrevistado conseguir a proeza e a inspiração para transmitir o que sabe. Depois de assistir o programa cheguei à conclusão que o tema, tão interessante, poderia ser mais bem explorado.

Resolvi escrever o **Manual do Boleiro** não me limitando apenas a explicar o que é aquecimento e a orientar os exercícios que podem ser feitos precedendo as peladas. A inclusão de mais informações sobre preparação física, fatores que influenciam no desempenho físico, técnico e tático podem ajudar a acabar com alguns mitos e melhorar o desempenho daqueles que jogam em clubes, praias, chácaras, sítios ou qualquer espaço disponível.

Difícil precisar quantos teimosos desafiam as limitações impostas pela idade e as contusões crônicas pelo prazer de estar com amigos e tocar algumas vezes na bola. A bem da verdade é que milhares de "atletas" de finais de semana poderão encontrar no Manual resposta para muitas indagações. A credencial para justificar meu atrevimento ao escrever sobre o tema foi conquistada ao longo da vida participando, há quase cinquenta anos, de um grupo de boleiros e de ter disputado campeonatos amadores de futebol, futsal e *society*.

As experiências vividas nos vestiários e nos campos de jogo adicionaram histórias interessantes a este livro. Entretanto, a minha formação de profissional de educação física e esporte, especializado em condicionamento físico e professor de futebol e futsal da EEFE-USP, foi primordial na revisão bibliográfica visando oferecer conteúdo atualizado para os praticantes das duas modalidades. O objetivo principal é contribuir para a longevidade dos boleiros estimulando a prática segura.

II
PREPARAÇÃO FÍSICA DO BOLEIRO

"Uma das hipóteses para manter a eficiência neuromuscular tão prolongada quanto possível é simplesmente aplicar a lei do uso e do desuso. As células são estimuladas pelas decisões contínuas que os esportes exigem e tais situações prolongam a atividade nervosa e, ao contrário da atividade mental isolada, ativa todos os sistemas do corpo incluindo a respiração, metabolismo, glândulas endócrinas e circulação."

Não é comum a presença de jogadores de futebol amadores nas salas das academias de ginástica. Durante quase cinquenta anos prescrevendo e supervisionando programas de condicionamento físico especializado poucas vezes encontrei os chamados "boleiros" procurando orientação para melhorar a condição física. Os poucos que apareceram tinham sido encaminhados pelos médicos depois que receberam o diagnóstico de alguma doença crônica em evolução. Os hipertensos e os diabéticos, mesmo alertados sobre a gravidade das doenças, não aderiam à prática de exercícios físicos com a seriedade necessária, mas continuavam participando de peladas. Os infartados e revascularizados, devido ao susto causado pelo impacto do problema e da alternativa de tratamento, aceitavam melhor a indicação e permaneciam mais tempo na reabilitação pelo condicionamento físico.

Para os boleiros se fixarem no programa criei uma alternativa de futevôlei, numa quadra menor e com regras mais fáceis de serem assimiladas. No início a rede era montada como se fora para um jogo de tênis e à medida que passaram a dominar o espaço e a velocidade da bola fui aumentando a altura até ficar próxima àquela usada para o voleibol. A bola, a mesma usada para jogar voleibol, podia quicar no chão uma vez entre cada passe, diminuindo a velocidade do jogo e facilitando a aproximação para tocá-la para um companheiro ou devolvê-la para o campo do adversário. Ela poderia ser devolvida de primeira, no segundo ou, no máximo, no terceiro toque, exatamente como no voleibol.

O desafio era dificultar a ação da equipe adversária com cabeceio ou chutes com efeito nos limites da quadra e isso exigia habilidade. O importante era colocá-los numa situação de competição usando os fundamentos básicos do futebol como vários tipos de passes com os pés, coxas, peito e cabeça. A brincadeira caiu no gosto de um grupo de ex-boleiros que se divertiam durante horas, por vários anos seguidos, na quadra improvisada da Fitcor, na avenida Brasil em São Paulo. Jogavam em duplas, trios ou quatro contra quatro com baixo risco de lesões por se tratar de um jogo não invasivo, sem confronto entre os adversários. O jogo, adaptado, só era permitido para os alunos após a sessão de condicionamento físico. Era uma maneira de atingir os objetivos do programa de reabilitação e premiar os praticantes com a oportunidade de participar de competições com mais segurança.

Conseguimos melhorar a assiduidade e convencê-los da importância da prática de exercícios físicos antes da diversão. Não é razoável, mas indivíduos apaixonados por esportes acham que a prática irregular da modalidade é suficiente para manter a forma e ficar protegido das doenças associadas ao sedentarismo. Infelizmente não é bem assim que as coisas funcionam. Primeiro porque os esportes são praticados, quase sempre, apenas uma vez por semana.

Sabemos que a regularidade da prática é um dos princípios básicos para se conseguir as adaptações fisiológicas que trarão benefícios para o sistema cardiorrespiratório. O futebol, por exemplo, cobra do praticante arrancadas rápidas e disputas intensas pela posse da bola. Sua prática ou, de qualquer outra modalidade que exige esforço acima do habitual, sem a recomendada aptidão física, significa expor, a cada semana, a saúde à riscos. Mesmo praticado mais vezes por semana, mas de forma isolada, cada esporte provoca adaptações específicas às circunstâncias que o cercam, portanto, nem sempre respeitam as limitações impostas pelo envelhecimento.

O treinamento físico regular, geral e específico, é a conduta mais coerente para poupar músculos e componentes das articulações durante os confrontos semanais principalmente porque, na maioria das vezes, os grupos de boleiros são heterogêneos. Jovens e idosos, pais e filhos, jogam em equipes mescladas por indivíduos de diferentes idades e diferentes níveis de aptidão física. Daí a importância do treinamento que deve ser precedido de exame médico, avaliação física e diagnóstica.

1. Exame médico e avaliação física

Objetivo: identificar e orientar o indivíduo em relação às suas potencialidades e limitações para a prática esportiva.

Entre todos os fatores que serão abordados para estimular a preparação física o mais importante é, sem dúvida, a exame médico. Para iniciar qualquer tipo de treinamento para esportes competitivos é indiscutível a necessidade de se conhecer o estado de saúde do praticante. A opinião de um especialista em medicina do esporte ou cardiologia, após uma consulta de rotina, é o primeiro passo para saber quais os exames diagnósticos devem ser feitos.

Certamente, ninguém escapará do eletrocardiograma de esforço ou TCPE (teste cardiopulmonar do exercício ou ergoespirométrico). No caso dos boleiros o ergômetro indicado é a esteira rolante e não bicicleta ergométrica porque não jogam pedalando. O teste não deve ser submáximo, isto é, o avaliado precisa atingir a frequência cardíaca máxima prevista calculada através da fórmula 220 – idade, ou até ir além. Exceto se ocorrerem intercorrências que justifiquem a interrupção do exame antes do avaliado atingir a frequência cardíaca máxima prevista para a idade. A justificativa é simples, no calor da competição, nas disputas pela bola, nas arrancadas e nas ações decisivas a mobilização dos músculos exige o máximo desempenho do sistema cardiorrespiratório. Durante o teste o médico, para emitir um diagnóstico seguro, conclusivo, precisa levar o avaliado a um nível de esforço próximo daquele experimentado durante a competição.

Infelizmente, não é o que acontece na maior parte das avaliações realizadas nos centros de diagnóstico. Para evitar que isso aconteça o médico que indica a avaliação deve destacar no receituário a necessidade de um teste máximo considerando o perfil do praticante de esportes competitivos. Ele é que deve enfatizar o motivo pelo qual o teste não deve ser submáximo embora muitas vezes alterações importantes detectadas pelo cardiologista impeçam a continuidade da avaliação. Nestes casos, as intercorrências podem até decretar o final da carreira esportiva do boleiro que está sendo avaliado. Importante lembrar que o envelhecimento e o sedentarismo reduzem a capacidade de o indivíduo atingir a frequência cardíaca máxima prevista para a idade.

Outros exames, a critério do médico, poderão ser indicados em função do exame clínico e do resultado do teste ergométrico. Os boleiros deveriam também passar por consulta com um fisiatra, ou com um ortopedista, para avaliar a efetividade de resposta ao esforço dos músculos esqueléticos e das articulações. Dores lombares, articulações instáveis e outros problemas limitantes tiram o prazer da prática e antecipam o aparecimento de lesões que afetarão a qualidade de vida na velhice.

Tenho muito a lamentar porque na minha infância e na adolescência, a falta de acompanhamento médico ortopédico e de treinamento bem orientado, acelerou o processo de desgaste do meu joelho. Na década de sessenta, na cidade onde vivia, não tinha ortopedista para evitar que minha lesão de ligamentos chegasse ao estágio que chegou. Naquela época, que a medicina do esporte não existia e os cuidados especializados só eram encontrados nas grandes cidades, muitos amigos abandonaram, precocemente, a prática do futebol. Atualmente, com a evolução da medicina e a facilidade de acesso, o boleiro precisa visitar o médico pelo menos uma vez por ano e, quando machucado, respeitar o período de tratamento necessário para completar a recuperação. Os cuidados com a prevenção garantem a longevidade da prática esportiva.

2. Treinamento aeróbio (como aumentar o fôlego)

Quando comecei a treinar no time principal da minha cidade a primeira orientação que recebíamos era para correr ao redor do campo. Dez voltas contornando o gramado era a receita que precedia o treinamento com bola.

Como se todos estivessem no mesmo nível de aptidão física e como se todos jogassem na mesma posição. No mesmo ritmo, conversando e trotando seguíamos entediados à espera do treino com bola. Quanto tempo perdido.

O futebol é um esporte intermitente, não é cíclico e não é preciso ter o fôlego de maratonista. O boleiro que quer melhorar sua condição física precisa de treinamento, o mais próximo possível, da realidade do jogo. Portanto, para aumentar o "fôlego", aguentar mais tempo jogando, sem fadiga e com bom desempenho, é preciso intercalar corridas moderadas, ou trotes, com corridas rápidas ou piques em alta velocidade. A receita para a combinação adequada desta alternância de esforço depende do resultado do teste ergoespirométrico, da idade, do peso corporal, do tamanho do campo de jogo e, principalmente, de um profissional de educação física para individualizar o treinamento. No exemplo a seguir tentarei mostrar, como funciona, mas insisto, a sugestão não deve ser adotada porque como não conheço as características pessoais do leitor, o que me possibilitaria individualizar o treino.

- *Trote de cinco minutos para aquecimento;*
- *Trote mais forte durante um minuto;*
- *Acelerar, máxima velocidade, durante 10 segundos;*
- *Voltar a trotar durante dois minutos;*
- *Nova aceleração durante 10 segundos;*
- *Repetir esta combinação durante 20 a 30 minutos.*

Outro método que pode ser usado com sucesso pelo boleiro é o Fartlek criado por um treinador sueco na década de 30. Fartlek, em sueco, significa jogo de velocidade porque combina o treinamento contínuo com o treinamento intervalado. É um método que pode ser adaptado para melhorar o desempenho no futebol porque é facilmente ajustável ao nível de aptidão física do praticante e ao local da prática (dimensões do campo).

As infinitas possibilidades de variações dos intervalos de corrida rápida, trotes e caminhadas melhoram a capacidade aeróbia, a mecânica da corrida e são estimulantes para o boleiro que percebe sua similaridade com as exigências do futebol. Outra vantagem para o boleiro com sobrepeso é que alternando a intensidade do treino aumenta a queima de calorias.

Durante a corrida duas fontes de energia são utilizadas, carboidratos e gordura. Nas velocidades mais rápidas os carboidratos são os mais usados no metabolismo e, quanto maior a duração do treino a gordura é a mais utilizada. O Fartlek permite que o corpo se adapte ao uso de ambas as fontes de energia e aumenta o metabolismo de gordura durante os períodos de recuperação ativa, isto é, durante os períodos de caminhadas ou trotes. Pode ser praticado em parques e em outros ambientes próximos da natureza que ofereçam segurança e possibilidades de variações das dificuldades para o deslocamento.

Sugestões básicas para adaptar o treino aeróbio às necessidades do praticante de futebol:

1. *O futebol é um jogo caracterizado por variações de intensidade – sprints curtos intercalados com corridas, trotes, caminhadas e repouso. É uma atividade denominada exercício máximo intermitente;*
2. *Os métodos mais adequados para melhorar a resistência cardiorrespiratória do boleiro é o treinamento intervalado (interval-training) e o Fartlek, ambos alternam trotes com corridas de alta intensidade (piques), mas no Fartlek a caminhada também pode ser incluída nas fases de recuperação;*
3. *Quanto menor o campo de jogo mais curtas devem ser as corridas de alta intensidade (no campo de 30 metros de comprimento os "piques" devem ser de 5 metros ou pouco mais);*
4. *A duração da recuperação ativa (trote), entre cada corrida de alta intensidade (pique), dependerá da condição física. Para os mais bem treinados os intervalos poderão ser mais curtos, quanto mais destreinado maior tempo trotando para que a recuperação permita a realização do "pique" seguinte com segurança;*
5. *O treinamento da resistência aeróbia deve ser realizado, pelo menos, três vezes por semana;*
6. *Buscar orientação especializada é o melhor caminho para respeitar limites, antecipar o aparecimento da melhora da performance e diminuir o risco de lesões.*

Boleiros que apresentam melhor condição aeróbia (mais fôlego) participam mais do jogo, principalmente nas ações próximas da bola. Eles se recuperam mais rápido do desgaste provocado pelos esforços de alta intensidade. Sabemos que o treinamento aeróbio é imprescindível para suportar as demandas de uma partida de futebol, portanto, não é difícil compreender como ele é importante para a saúde. Correr, nadar, pedalar, caminhar e todos os exercícios chamados cíclicos, quando praticados regularmente, melhoram o funcionamento do aparelho cardiorrespiratório.

Boleiros veteranos são os que mais precisam adotar atitudes preventivas porque a maioria já apresenta um ou mais fatores de risco de doença do coração. Difícil encontrar, entre os boleiros, aqueles que não são, ou que não foram tabagistas e os que não estão acima do peso ideal. Muitos são diabéticos ou hipertensos, portanto, mesmo que não jogassem futebol, já teriam que incluir o exercício físico na rotina de tratamento das duas doenças. Todos, sem exceção, precisam compreender que o envelhecimento, por si só, já é um fator de risco e praticar esportes, apenas uma vez por semana, é um sedentarismo disfarçado. A máquina humana precisa de estímulos diários para manter sua capacidade de rendimento e o coração, como todo músculo, precisa do exercício físico, praticado com regularidade, para bombear o sangue com mais eficiência.

3. Treinamento da força (como melhorar a eficiência dos músculos)

Nunca me senti muito motivado a "levantar pesos" porque sempre gostei da prática de esportes competitivos. O uso de pesos livres ou aparelhos de ginástica e a monotonia da execução de repetições e séries de um mesmo exercício não me atraíam, mas sempre pratiquei. Este tipo de treino exige disciplina e muita força de vontade sem proporcionar as emoções inerentes ao futebol ou qualquer outro esporte. Nas minhas aulas de condicionamento físico, na Fitcor, sempre usei exercícios com pesos livres combinados com diferentes tipos de movimentos caminhando.

A dinâmica da aula quebrava a monotonia das repetições de cada exercício e permitia a inclusão de situações que exigiam equilíbrio e coordenação motora. No E.C Pinheiros, clube onde trabalhei com adultos habituados à prática de exercícios, durante catorze anos, o treinamento em circuito era habitual. Nas estações as sobrecargas mais usadas nos exercícios eram os pesos livres, as bolas pesadas (*medicine-balls*) e o peso corporal. Entretanto, a importância do treinamento de força para a saúde só passou a ser enfatizada a partir dos anos noventa, quando os pesquisadores começaram a estudar as adaptações fisiológicas provocadas por este tipo de treinamento.

Até então, o que prevalecia era o empirismo e poucas informações consistentes para justificar mudanças de comportamento. A comunidade científica deu o merecido destaque ao tema em 1998, quando no Congresso do ACSM (Colégio Americano de Medicina do Esporte), realizou um simpósio paralelo para debater sobre o treinamento de força. Desde então, com base nas evidências sobre a melhora funcional do sistema motor e, como consequência de todos os sistemas, treinar a resistência localizada, a força e a potência, passou a ser tão importante quanto o treinamento aeróbio para a saúde. No esporte de alto nível as vantagens já eram conhecidas, mas para a melhora do desempenho nas competições.

Foi o São Paulo F.C. que, no final da década de 70, sob a orientação do professor João Paulo Medina, começou a usar aparelhos no treinamento dos atletas. A iniciativa, embora sem a fundamentação científica atualmente conhecida, antecipou a necessidade do treinamento de força para a preparação e recuperação dos jogadores de futebol. Corretamente aplicado, o treinamento de força e potência muda as características morfofuncionais do corpo adaptando-o para a modalidade esportiva praticada. Eles diminuem o gasto calórico, porque os movimentos ficam mais econômicos, e aceleram a recuperação após os exercícios de alta intensidade característicos do futebol. A prescrição individualizada do treino com sobrecargas melhora a velocidade, a coordenação motora, a reação motora, a rapidez e frequência dos movimentos, a resistência muscular localizada e a capacidade de relaxamento dos músculos.

O futebol desenvolve mais os músculos anteriores da coxa (responsáveis pela propulsão) e sobrecarrega os posteriores (responsáveis pela desaceleração) aumentando as chances de lesões nos músculos posteriores da coxa e nos ligamentos dos joelhos. O desequilíbrio entre agonistas e antagonistas, a fraqueza dos músculos abdominais e da região lombar, pode aumentar o risco de pubialgias. O treinamento de força direcionado para os músculos citados ajuda a equilibrar as ações musculares próximas das articulações do joelho e do quadril e a prevenir lesões.

Sugestões básicas para adaptar o treino de força às necessidades do praticante de futebol:

1. *O método mais adequado, prático e seguro para melhorar a força do boleiro é o treinamento em circuito (circuit-training);*
2. *Tanto os exercícios como os aparelhos de ginástica devem ser selecionados após avaliação prévia do executante e tendo como objetivo específico melhorar o desempenho no futebol;*

3. A duração das sessões, o número de estações, de repetições, de séries e o intervalo entre as séries, dependerá da condição física e da experiência do boleiro para a realização de exercícios com pesos. Os mais bem condicionados e mais habituados a treinar com pesos livres ou aparelhos podem, e devem treinar com cargas maiores. A vantagem do treinamento em circuito (circuit-training) é que o método permite a individualização dos procedimentos mesmo quando realizado em grupos;
4. A prescrição de exercícios deve ser sempre atualizada considerando as condições de saúde, melhoras identificadas e objetivos estabelecidos;
5. Buscar orientação especializada é o melhor caminho para respeitar limites, antecipar o aparecimento da melhora da performance e diminuir o risco de lesões.

4. Treinamento de flexibilidade muscular e da mobilidade articular (alongamentos)

O futebol é uma modalidade que passou por mudanças radicais nas últimas décadas. A preparação física evoluiu muito e abandonou o empirismo que prevaleceu até as portas se abrirem, definitivamente, para a ciência. Com a chegada dos médicos do esporte, dos fisiologistas, dos especialistas em treinamento de força, dos fisioterapeutas, dos nutricionistas, dos analistas de desempenho e daqueles que avaliam o desgaste muscular para prevenir lesões, o futebol passou a ser uma escola de especialistas. Cada detalhe na individualização do treino físico pode significar um diferencial para o sucesso da equipe e de cada jogador, em particular. Os exercícios de alongamentos, para melhorar a flexibilidade e a mobilidade das articulações, têm sido usados pelos atletas de diferentes modalidades nos treinamentos diários, antes das competições e após, na fase de recuperação. É uma prática que deve ser incluída na rotina diária do boleiro, independentemente do seu nível de habilidade, e mesmo daqueles que não são esportistas. Os alongamentos proporcionam vários benefícios para o corpo e para a mente. Melhoram o fluxo sanguíneo e atenuam os efeitos do envelhecimento sobre os músculos e articulações.

Para o boleiro o alongamento é fundamental porque ajuda a evitar lesões decorrentes do encurtamento dos músculos e pouca mobilidade articular. Quando praticados antes das peladas, após caminhadas ou trotes que aumentam a temperatura corporal, eles permitem que os movimentos fluam com mais facilidade, com mais naturalidade.

Os alongamentos dinâmicos são os mais indicados nesta fase para os esportes de explosão, como o futebol e devem preceder a competição. Os exercícios dinâmicos de flexibilidade ajudam a elevar a temperatura corporal e intramuscular, estimulam o sistema nervoso, alongam os músculos e ajudam a reduzir o risco de lesões. Como consequência o gasto energético é menor, reduzindo a fadiga.

Na fase de recuperação, após uma partida de futebol, os alongamentos estáticos facilitam o relaxamento dos músculos e a chegada de mais sangue e nutrientes para apressar o processo de regeneração das células musculares. A recuperação mais rápida previne o aparecimento de dores musculares e cãibras, sintomas indesejáveis que acompanham os boleiros de finais de semana.

Benefícios da prática de alongamentos:

- *Aumentam a flexibilidade;*
- *Aumentam a amplitude de movimentos;*
- *Melhoram o desempenho nas atividades físicas;*
- *Aumentam o fluxo sanguíneo para os músculos;*
- *Melhoram a postura;*
- *Ajudam a prevenir e curar dores nas costas;*
- *São ótimos para aliviar o estresse.*

Os alongamentos estáticos, apesar de mais seguros e de fácil execução, quando realizados por períodos prolongados, antes da competição ou treino, podem comprometer a força e a potência, que são essenciais nas modalidades que exigem arrancadas rápidas, saltos, acelerações etc. Esta técnica, também denominada de alongamento passivo, deve ser realizada numa posição confortável que facilite a força de tração sobre determinados músculos e tecido conjuntivo durante, pelo menos, 20 segundos para cada exercício.

O alongamento estático deve ser praticado, regularmente, após a competição na fase de recuperação pós-esforço (*cool down*). A realização de alongamentos estáticos após o treino ou competição contribui para acelerar o processo de recuperação. Os alongamentos também influenciam no efeito do estresse excessivo tanto antes quanto depois da competição. Ajudam a diminuir a ansiedade e a tensão que prejudicam o desempenho quando realizados, com bastante antecedência, antes do jogo com o corpo aquecido.

Para fazer alongamentos de maneira correta é preciso compreender a técnica de execução adequada. A orientação do profissional de educação física ajuda a selecionar exercícios que atuem em cada grupo muscular. A prática diária de alongamentos alivia a tensão nos músculos submetidos a contrações permanentes em consequência da má postura nas atividades profissionais. São ótima solução para aumentar a disposição física e intelectual quando praticados nas pausas da rotina de trabalho.

Regras que devem ser respeitadas para a prática de alongamentos estáticos:

1. *Nunca faça alongamentos com os músculos frios. O aquecimento geral (caminhadas, trotes etc.) devem preceder os alongamentos estáticos;*
2. *Não alongue músculos que sofreram lesões recentes (distensões, por exemplo);*
3. *Pessoas com diagnóstico de osteoporose devem redobrar os cuidados;*
4. *Alongue em posição confortável e durante no mínimo 20 segundos;*
5. *A idade, as experiências anteriores, o tipo de esporte que será praticado, a temperatura ambiente, o tempo disponível e outros fatores influenciam o processo de aquecimento;*
6. *Alguns exemplos de alongamentos dinâmicos e estáticos poderão ser observados nas ilustrações específicas para a prática do futebol, mas o ideal é buscar orientação especializada.*

III
FATORES QUE INFLUENCIAM O DESEMPENHO DO BOLEIRO

1. Idade

"O uso conserva, o desuso atrofia, o excesso desgasta".

Envelhecer sem abandonar o campo de jogo, ter o orgulho e o prazer de jogar com os filhos e, se possível, com os netos é meta e desafio para a maioria dos boleiros. Entretanto, o envelhecimento, processo complexo que envolve genética, estilo de vida e doenças crônicas, é inevitável. Na genética não podemos interferir, mas nosso estilo de vida sim, e influenciar na prevenção do aparecimento de doenças crônicas, independentemente dos fatores hereditários.

A interação entre os três fatores citados age na maneira pela qual envelhecemos e o envelhecimento é acompanhado de um declínio inevitável da condição física. O avanço da idade provoca alterações fisiológicas importantes que são responsáveis pela deterioração, ainda mais acentuada, do desempenho quando não se pratica exercícios físicos regularmente.

Somente um estilo de vida ativo e saudável pode atenuar o processo e retardar as alterações morfofuncionais. Os boleiros mais velhos bem preparados, acostumados com exercícios mais intensos e participação em esportes competitivos não correm mais riscos quando comparados com indivíduos mais jovens. Os exercícios físicos para os boleiros de idade mais avançada devem ser planejados em função da idade biológica, experiências anteriores, capacidade funcional e hábitos de vida. Intervenções esporádicas, como a prática de futebol, somente aos finais de semana, não podem ser consideradas como suficientes, mesmo reconhecendo seu valor para o bem-estar psicossocial. As mudanças anátomo-fisiológicas que acompanham o envelhecimento precisam ser conhecidas para que possamos agir e atenuar seus efeitos negativos para a prática esportiva:

Sistema cardiovascular – coração. A eficiência do músculo cardíaco diminui com o passar dos anos. A frequência cardíaca máxima e o débito cardíaco máximo, quantidade de sangue que o coração pode bombear por minuto, diminuem, limitando o desempenho atlético. O coração também depende de treinamento para manter sua eficiência e evitar a antecipação do aparecimento de doenças crônicas. Os estímulos intensos e ocasionais dos esportes praticados apenas uma vez por semana não são suficientes para promover as adaptações que garantem bom desempenho em todas as circunstâncias. O treinamento aeróbio três vezes por semana, no mínimo, é indispensável para uma vida competitiva saudável.

Artérias – Com o envelhecimento e hábitos não saudáveis as artérias perdem a elasticidade, oferecem mais resistência à passagem do sangue e obrigam o coração a fazer esforço maior para o bombeamento. Quando a pressão arterial diastólica aumenta durante o esforço significa que o coração está sofrendo para bombear o sangue. Os exercícios aeróbios aceleram a velocidade do fluxo sanguíneo e retardam o "endurecimento" das paredes das artérias. Como consequência não sobrecarregam o coração durante a prática esportiva quando os músculos esqueléticos estão em atividade intensa.

Circulação periférica – A redução na relação de capilares por fibra muscular e o atrofiamento dos músculos esqueléticos reduzem a capacidade de desempenho e sobrecarregam o coração durante a prática de atividades físicas. Os exercícios que melhoram a resistência muscular localizada, praticados com pesos livres ou aparelhos, associados aos exercícios aeróbios, retardam a velocidade do declínio funcional porque aumentam o fluxo sanguíneo, facilitam a chegada de nutrientes para os músculos em atividade e reduzem a velocidade da perda de massa muscular (sarcopenia).

Plasma – O número de células vermelhas, responsáveis pelo transporte de oxigênio, e o volume total de sangue diminuem com o avanço da idade. Exercícios físicos, boa alimentação e hidratação são fundamentais para a desaceleração dos efeitos relacionados com o envelhecimento. Os praticantes de esportes precisam de hidratação antes, durante e após a prática esportiva, principalmente no verão.

Pulmões – O aparelho respiratório também sofre um declínio na sua capacidade de captar oxigênio e disponibilizá-lo para a corrente sanguínea. A diminuição da captação de oxigênio implica em menor capacidade para suportar esportes de longa duração como o futebol. O vício nocivo do fumo acelera o processo de degeneração pulmonar e é um dos grandes inimigos dos esportistas. A combinação de todas as alterações citadas diminui o consumo máximo de oxigênio, cerca de 1,5% ao ano, de forma constante e previsível à medida que envelhecemos. Os atletas mais velhos, altamente treinados, apresentam uma taxa anual de declínio de apenas 0,5% ao ano. Por esta razão, a medida da capacidade de captação de oxigêncio tem sido sugerida como melhor indicador do envelhecimento do que a idade cronológica. Hábitos saudáveis e exercícios físicos protegidos da poluição ambiental podem prolongar o bom desempenho dos pulmões. Idosos bem treinados para atividades aeróbias de longa duração apresentam maior capacidade funcional pulmonar quando comparados com sedentários. Todas perdas podem ser retardadas e, a precocidade dos danos evitadas, quando o treinamento é praticado regularmente. Hábitos sedentários durante a semana e prática esportiva intensa aos sábados, ou domingos, podem evidenciar sintomas e exigir providências imediatas. O teste ergoespirométrico é importante porque poderá mostrar como o consumo de oxigênio do avaliado está quando comparado com a média populacional para sua idade. Entretanto, é preciso enfatizar que esportistas precisam de índices de consumo de oxigênio acima da média populacional. O consumo máximo de oxigênio (maior quantidade de oxigênio que se consegue utilizar do ar inspirado durante a prática de exercícios) depende dos seguintes fatores: Genética, sexo, idade, condicionamento físico, pulmões, coração, artérias, número de células vermelhas e da capacidade dos músculos para aproveitarem melhor o oxigênio disponibilizado pela corrente sanguínea.

Diminuição da densidade óssea – Ao contrário das mulheres os homens conseguem manter a densidade óssea por tempo mais prolongado, até os 55 anos. Entretanto, além do sedentarismo, outros fatores podem transformar a osteopenia em osteoporose, entre eles a herança genética, imobilizações prolongadas devido a contusões, dieta, sexo, medicamentos etc. Como o futebol, que é esporte de invasão, favorece choques e quedas, o praticante precisa manter o treinamento físico regular, exposição à luz solar e boa alimentação para evitar fraturas.

Músculos esqueléticos – O envelhecimento provoca perda de massa muscular e, consequentemente, perda de força. A sarcopenia, nome dado a redução natural da massa muscular com o avanço da idade, diminui o número de fibras musculares do tipo I, chamadas de lentas, e do tipo IIa, as rápidas. Infelizmente, para quem pratica esportes, a redução maior acontece no número de fibras musculares rápidas. Justo àquelas responsáveis pelos movimentos que exigem agilidade, velocidade e potência, que caracterizam as ações decisivas de muitos esportes e, em particular, do futebol. O principal sintoma da diminuição do número de fibras rápidas observado no futebol é o declínio da velocidade, da impulsão e da potência do chute. Fica difícil acompanhar os jogadores mais jovens nas corridas pela disputa da bola ou superá-los num salto. Chutar a gol de longe vira piada, a bola se esforça para percorrer a distância entre o jogador e o alvo. O treinamento não recupera o número de fibras rápidas perdidas com o envelhecimento, mas pode desacelerar a perda de massa muscular e aumentar o tamanho das fibras remanescentes. A partir dos 50 anos perdemos 15% da força por década. A reposição hormonal é uma das maneiras de se conseguir ganhar massa muscular apesar do envelhecimento. A produção de testosterona e do hormônio do crescimento cai, drasticamente, com o avanço da idade e a reposição, quando sob supervisão médica especializada, pode ajudar a recuperação, mas não melhora a função nem a força. Só com o treinamento físico conseguimos garantir a eficiência do aparelho neuromuscular. Para reduzir a velocidade da atrofia muscular é preciso treinar a força, fazer exercícios com pesos livres e aparelhos. A individualização do treino é importante e depende de orientação especializada para adaptar método, tipos de exercícios, cargas, número de repetições, número de séries e intervalos entre as séries, às características e objetivos do indivíduo. Receita de treino sem avaliação prévia é contraindicada. A sarcopenia também diminui a resistência, necessária nos esportes de longa duração, porque a perda de massa muscular diminui a capacidade de aproveitamento do oxigênio captado nos pulmões e transportado pela corrente sanguínea até os músculos.

Coordenação motora. A perda de neurônios, a diminuição da capacidade coordenativa, do tempo de reação, do equilíbrio, da velocidade de condução nervosa, está associada à perda de massa muscular e, principalmente, das fibras rápidas. A coordenação é muito importante para a realização dos dribles, do controle e da condução de bola, enfim, de todas as habilidades necessárias para a prática do futebol. Movimentos coordenados, que fluem com naturalidade, exigem menor esforço e menor demanda de energia.

Como jogar futebol ou praticar qualquer esporte que exija tomada de decisão rápidas sem desacelerar os fatores inevitáveis que acompanham o envelhecimento? A prática regular de exercícios físicos específicos para atender as demandas das atividades competitivas é mandatória. Saltos, mudanças de direção, freadas e acelerações dependem de exercícios de força, potência equilíbrio e coordenação que precisam ser treinadas. O sistema nervoso é afetado, de diferentes maneiras, pelo passar dos anos. A diminuição do fluxo sanguíneo para o cérebro está associada à diminuição do tempo de reação. O equilíbrio também se deteriora com o envelhecimento e, na prática esportiva, equilíbrio e tempo de reação são muito importantes para o bom desempenho. O treinamento não melhora o tempo de reação, mas ajuda a fazer melhores escolhas quando temos que tomar decisões durante a competição. Quer um exemplo? Jogando futebol ao receber uma bola, sofrendo a pressão do adversário, são várias as alternativas para manter a posse. Entretanto, o jogador experiente, mais velho, opta pelo passe de primeira que é a melhor alternativa para não correr o risco de perdê-la para outro jogador mais jovem e mais rápido que se aproxima. Com o envelhecimento aprendemos a encontrar atalhos e soluções mais apropriadas para situações pontuais. O equilíbrio pode ser melhorado com o treinamento. Músculos dos membros inferiores fortes são fundamentais nas mudanças de direção e nas disputas pela manutenção da posse de bola. Os efeitos do envelhecimento sobre o sistema neuromuscular também aumentam o número de lesões, principalmente no futebol. Estatisticamente os "atletas" mais velhos estão mais sujeitos a se machucar dos que os mais jovens. O treinamento adequado, o aquecimento e procedimentos preventivos, como não insistir na disputa quando fatigado, podem ajudar a proteger e a prolongar a carreira do boleiro.

2. Peso corporal

Jogar futebol com alguns quilos acima do peso ideal representa enorme sobrecarga para o aparelho cardiorrespiratório, músculos e componentes das articulações (coluna vertebral, joelhos e tornozelos). Arrancadas rápidas, saltos, mudanças de direção e disputas pela posse de bola são situações cuja dificuldade é diretamente proporcional ao peso adicional. Deslocar o corpo com excesso de gordura abdominal implica em sacrifício para a coluna vertebral. A gordura acumulada na barriga desloca o centro de gravidade para frente, acentua a curvatura da coluna lombar (lordose) e aumenta a pressão nas vertebras daquela região. Após a prática a dor pode limitar as ações do dia a dia e a necessidade do afastamento do "atleta" do campo de jogo.

Na maioria das vezes exige a intervenção do ortopedista e o uso de anti-inflamatórios. Joelhos e tornozelos também sofrem com o sobre peso que abrevia a vida útil das articulações ainda mais em atividades de alto impacto (aceleração e desaceleração e mudanças bruscas de direção). Dois quilos a mais já representam sobrecarga significativa quando os músculos estão atrofiados e as articulações desprotegidas. Para reduzir o peso corporal é preciso mudar hábitos, o exercício físico precisa ser praticado com regularidade e não apenas nos finais de semana. Boleiros obesos, circunferência da cintura igual ou maior que 94 centímetros, precisam se exercitar, pelo menos, 225 minutos por semana para queimar gordura.

Devem fazer exercícios com pesos três vezes a cada sete dias para recuperar a musculatura e aumentar o metabolismo de repouso. A alimentação correta também é fundamental e, na maioria das vezes, a orientação de um nutricionista é imprescindível. Pena que muitos boleiros, teimosamente, continuem sedentários durante a semana e sem perder o apetite pelos pratos altamente calóricos. Neste caso o esporte, praticado no sábado ou no domingo, isoladamente, passa a ser atividade de risco, muito risco. Adultos mais bem informados sabem como é importante priorizar os hábitos saudáveis nas refeições e na prática regular de atividades físicas.

É importante saber que: a obesidade e a falta de atividade física são os dois fatores de predisposição para doença das artérias coronárias considerados mais graves pela Associação Americana do Coração; juntas, ou de forma isolada, aumentam o colesterol total, aumentam a pressão arterial e diminuem os níveis do colesterol bom; os fatores adversos da obesidade são potencializados quando a gordura se localiza no abdômen (indicador de resistência à insulina); há consenso, cada vez maior, que os pacientes diabéticos (tipo II particularmente) se incluem entre os de alto risco a curto prazo.

3. Tabagismo

Nunca fui tabagista, embora tenha passado minha infância e adolescência sofrendo pressão social para que aderisse ao vício. Nos anos 60 filmes e relacionamentos incentivavam experiências que, aparentemente, nos colocavam em evidência. Tive maus exemplos como um amigo, pouco mais velho, que jogava futebol de salão protegendo um cigarro aceso entre os dedos e a palma da mão. Habilidade única associada ao talento que tinha com a bola nos pés e com a completa ignorância sobre os riscos inerentes ao vício.

Entre os melhores jogadores que foram campeões na Copa de 70, Gerson era conhecido por fumar no vestiário, durante o intervalo de jogo. Sorte que meu pai, que era fumante, sempre me aconselhou a não seguir seu exemplo. A meu favor a paixão pela prática esportiva e o apoio daqueles que reconheciam a incompatibilidade do fumo com a saúde e desempenho nos esportes.

Os tempos mudaram e os vícios também, infelizmente para pior. Entre os boleiros é muito comum o tabagismo crônico e acender um cigarro nos intervalos dos jogos. Será que ainda falta informação ou é um comportamento irresponsável? Se sabemos que é nos pulmões que captamos o oxigênio, essencial para a vida e para o bom desempenho nas atividades esportivas, por que agredir este órgão tão importante com fumaça tóxica? Por que, antes, durante e após o jogo, liberar menos oxigênio para as células, diminuir a resistência à fadiga e prejudicar a recuperação? Nunca é demais lembrar que os fumantes com mais de 40 anos de idade e com histórico familiar de doenças cardíacas, estão mais sujeitos à morte prematura durante a prática de atividades físicas intensas.

4. Álcool

Os boleiros têm um comportamento social muito parecido após os "rachas" disputados em diferentes dias da semana, mas principalmente aos sábados e domingos. A grande maioria, poucas são as exceções, se reúne num bar, boteco, ou qualquer local que ofereça cerveja gelada e bons petiscos para fazer a "resenha" dos acontecimentos registrados no campo de jogo. Raras são as esposas que conseguem demover o boleiro da certeza de que não existe palco mais apropriado para falar de futebol do que a mesa de um bar.

Também não existem provas contrárias a este hábito salutar de convivência pacífica que apara todas as arestas provocadas pelas trocas de ofensas que são frequentes no calor da disputa. A cerveja gelada acalma, reaproxima as relações abaladas por um drible desconcertante, por uma entrada mais dura ou, até, por um lance discutível de uma penalidade máxima não marcada.

Sobre as vantagens de eleger o bar como foro privilegiado para resolver os atritos e as divergências comuns entre os boleiros, posso escrever várias páginas, mas é preciso alertar sobre o lado ruim do consumo excessivo de álcool antes, durante e após a prática de esportes. Não é comum, felizmente, mas a ingestão de bebidas alcoólicas antes e durante as peladas, diminui a resistência, acelera a fadiga, prejudica as habilidades motoras, a força e o desempenho nos sprints, enfim tudo que é importante para jogar futebol.

Além do mais, o álcool é diurético e a perda hídrica prejudica a regulação da temperatura corporal. Fácil concluir que não se deve consumir nada alcoólico antes do jogo. No nosso grupo de boleiros antigos quem chega meio alterado não é bem-vindo e causa mal-estar qualquer justificativa para participar da pelada. Afinal todos esperam, com ansiedade, o futebolzinho de final de semana e o prazer de jogar não pode ficar prejudicado por uma atitude irresponsável daquele que chega sem condições ideais para participar da festa esportiva.

O que dizer da cerveja após o futebol? Seja qual for a desculpa, acalmar os nervos, atenuar a sensação de dor física ou até reabastecer as reservas de carboidrato, o consumo excessivo pode ser prejudicial sim. Embora a tolerância aos efeitos do álcool seja diferente entre as pessoas é importante saber onde e como o excesso prejudica o boleiro. Depois de tarde cansativa praticando o esporte preferido precisamos recuperar os músculos e o descanso é essencial. No entanto, o consumo de álcool afeta negativamente os padrões de sono e diminui a liberação de diversas substâncias. Entre elas o hormônio do crescimento, reduzindo sua secreção em até 70%. A redução na secreção deste hormônio e da testosterona, que desempenham papel essencial na construção e regeneração dos músculos, nos fazem refletir melhor sobre nossos hábitos. Mesmo porque, diferentemente das calorias dos alimentos que ingerimos, os músculos não conseguem usar calorias alcoólicas como combustível. Elas não são convertidas em glicogênio, tipo de carboidrato armazenado, e, consequentemente, não são uma boa forma de energia para o corpo durante e após o exercício.

A notícia pior para os boleiros com sobrepeso é que a energia do álcool se converte em ácidos graxos que é armazenado no tecido adiposo. Resumindo, o consumo de álcool engorda. Para atenuar os danos precisamos consumir com moderação e sempre tomar bastante água para evitar, no dia seguinte, a ressaca provocada pela toxicidade do álcool e pela desidratação. O prazer e a descontração proporcionados pela cerveja consumida após a pelada não podem tirar a lucidez do boleiro sobre a importância de respeitar limites.

5. Uso crônico de medicamentos

Com o envelhecimento podem surgir doenças degenerativas que exigem o uso crônico de determinadas drogas. Muitos boleiros são hipertensos, diabéticos e uns, mais desajuizados, tomam remédios para problemas cardíacos, mas insistem continuar jogando futebol. Sem consentimento médico se arriscam competindo e ignorando o risco de morte súbita. Difícil não encontrar exemplos de companheiros que faleceram durante ou algumas horas depois de uma pelada. Vamos nos ater àqueles que visitam o médico com a regularidade necessária e seguem, à risca, a ingestão das drogas recomendadas.

Hipertensos – A hipertensão é uma doença silenciosa que pode causar infarte, acidente vascular cerebral (AVC), doença renal e arritmias cardíacas. São consideradas hipertensas as pessoas com pressão arterial sistólica igual ou maior do que 140 mmHg e pressão arterial diastólica igual ou maior que 90 mmHg. Entretanto, mesmo as pessoas normotensas em repouso, mas que apresentam resposta exagerada da pressão sistólica (acima de 200 mmHg) durante exercício de média intensidade, precisam ser investigadas.

Os hipertensos não podem deixar de tomar os remédios que o médico prescreveu e precisam conhecer seus efeitos. Atualmente, o tratamento da hipertensão arterial é feito, basicamente, com os inibidores da Enzima Conversora da Angiotensina (iECAs) ou com os Bloqueadores dos Receptores de Angiotensina (BRAs) que são vasodilatadores. Ambos agem relaxando os vasos permitindo que o sangue flua com mais facilidade reduzindo a sobrecarga para o coração, mas com mecanismos de ação diferentes. São os mais indicados para os hipertensos que se exercitam. Os inibidores da Enzima Conversora de Angiotensina (iECAs) apresentam muitos efeitos colaterais que podem interferir na prática esportiva e exigir a intervenção do cardiologista. Os Bloqueadores dos Receptores de Angiotensina (BRAs) não causam os mesmos efeitos colaterais e podem ser mais indicados para os boleiros.

Entretanto, no arsenal terapêutico dos pacientes hipertensos, em associação com essas drogas frequentemente estão incluídos os diuréticos, os bloqueadores dos canais de cálcio e os betabloqueadores. Os betabloqueadores, são remédios que diminuem o consumo de oxigênio do músculo cardíaco impedindo sua aceleração. O que acontece com o usuário desta droga quando ele joga futebol? Em pessoas saudáveis todo exercício que mobiliza grandes grupos musculares provoca aumento da frequência cardíaca e da pressão arterial sistólica (a máxima). A pressão arterial diastólica (a mínima) deve permanecer igual ou até diminuir durante o esforço. No caso das pessoas hipertensas, que usam betabloqueadores, o objetivo é impedir que a pressão sistólica e a frequência cardíaca subam demasiadamente aumentando o duplo produto (pressão arterial sistólica X frequência cardíaca) índice que, de maneira indireta, indica o consumo de oxigênio do miocárdio. Entretanto, este efeito protetor para o coração prejudica o bombeamento do sangue para os músculos em atividade.

Chegando menos sangue com nutrientes os músculos esqueléticos ficam fatigados mais cedo. Pior, em esportes cujos movimentos são explosivos como no futebol, pode facilitar lesões nos ligamentos e nos músculos por estarem mal irrigados. Já presenciei ruptura de tendão calcâneo em jogo de voleibol de veteranos e em partidas de futebol. Não foi diferente numa aula de ginástica com bolas pesadas quando um dos alunos rompeu uma das inserções do bíceps ao arremessar, com força, uma bola na direção do companheiro. Todos usavam betabloqueadores.

Para evitar que isso aconteça, o boleiro hipertenso deve prolongar o período de aquecimento e não exagerar no tempo de permanência em campo. Em dias frios, importante usar calças de agasalhos (uniformes de ginástica) mesmo durante o jogo para impedir a ação vasoconstrictora do frio nos membros inferiores. Quanto maior a dosagem da droga em uso maior será a interferência nos ajustes cardiocirculatórios e respiratórios durante o esforço. Portanto, nunca é demais lembrar que o hipertenso só deve jogar com anuência do médico e sem suspender, por conta própria, o uso das drogas.

Os diuréticos também fazem parte do tratamento dos hipertensos e seu uso crônico exige cuidados dos praticantes de esportes. Jogar futebol em ambiente com temperatura elevada aumenta a transpiração, que somada ao efeito da diurese provocada pelo remédio, acelera ainda mais os batimentos cardíacos.

Os diuréticos podem provocar cãibras e dores musculares devido a eliminação de minerais pela urina. A reposição hídrica durante a prática esportiva deve ser constante. Citamos apenas duas das drogas que podem ser usadas pelos hipertensos e que interferem no desempenho e merecem cuidado especial de quem as usa. Praticantes de esportes com pressão alta, precisam diminuir a ingesta de sal e buscar orientação de nutricionistas. Volto a lembrar que o médico deve ser ouvido sobre a continuidade ou não da participação em esportes como o futebol. Efeitos colaterais das drogas anti-hipertensivas: Beta bloqueadores e bloqueadores dos canais de cálcio, podem causar bradicardia, mascarar sintomas de hipoglicemia e dificultar o consumo de glicose pelos músculos em exercício. Diuréticos podem contribuir para desidratação, desequilíbrio eletrolítico e cãibras.

Diabéticos – Diabéticos assintomáticos com avaliação cardiovascular normal após teste de esforço máximo podem praticar esportes, mas devem ficar atentos para o risco de hipoglicemia por erro na dose ou no local de aplicação da insulina (hipoglicemia iatrogênica) e ingestão calórica inadequada. O automonitoramento glicêmico é importante porque permite ao diabético, que usa insulina e pratica esportes, evitar a hipoglicemia. Atletas diabéticos só competem em alto nível porque treinam com regularidade e seguem as orientações médicas para evitar a queda excessiva da glicose no sangue.

Sem dúvida o exercício físico supervisionado e praticado regularmente melhora o controle metabólico em ambos os tipos do diabetes, tanto no I quanto no II. A Organização Mundial da Saúde recomenda 150 minutos de exercícios por semana, mas com intensidade suficiente para promover o aproveitamento da glicose pela célula muscular. O tipo de exercício que deve ser praticado é muito importante e não basta caminhar 30 minutos por dia para se reduzir o risco de doença cardiovascular, melhorar a ação da insulina no organismo, ajudar no controle do peso e do colesterol.

Boleiros de finais de semana, que são diabéticos, não se incluem entre aqueles que podem ser beneficiados pela prática esportiva. Correr atrás da bola, uma vez a cada sete dias, não melhora o condicionamento físico porque não promove as adaptações que caracterizam essa condição. O boleiro diabético precisa se conscientizar da importância do treinamento, pelo menos 3 vezes por semana, orientado por um profissional de educação física, e do acompanhamento médico para controle metabólico adequado. A prática regular de exercícios físicos com prescrição individualizada do tipo, da intensidade, da duração e frequência semanal, é muito importante para o diabético.

Entre os benefícios estão: diminuição dos níveis de glicose no sangue, estímulo à produção de insulina, aumento da sensibilidade celular à insulina, aumento da capacidade de captação da glicose pelos músculos e diminuição da gordura corporal relacionada com a diabetes tipo II.

DPOC – Doenças pulmonares obstrutivas crônicas

Asma – O uso recorrente das bombinhas, com bronco dilatadores para facilitar a respiração durante a prática de esportes, era comum entre os boleiros asmáticos. Muitas vezes observei amigos que paravam de jogar para usar a medicação que ficava disponível ao lado do campo. Entretanto, estudos científicos mostraram que o uso isolado do bronco dilatador pode piorar o quadro e aumentar o risco de morte. Todo paciente que sofre com doenças crônicas precisa manter consultas periódicas com o médico, principalmente quando praticam esportes apenas nos finais de semana.

A asma, que é uma inflamação dos brônquios, precisa ser tratada com corticoides tanto de maneira preventiva quanto durante as crises. Portanto, além do bronco dilatador é preciso inalar corticoides quando os sintomas de falta de ar, chiado e tosse seca, começam a prejudicar o desempenho na prática esportiva. O boleiro asmático precisa praticar exercícios físicos com regularidade e não apenas nos finais de semana. Deve evitar competir em locais poeirentos, ambiente poluído e condições climáticas adversas (ar seco). O aquecimento é fundamental para o boleiro asmático que precisa aumentar a intensidade do exercício de forma gradual para não desencadear a crise.

Riscos da automedicação – Muitos boleiros, que insistem jogar sem antes entrar em forma e com sobrepeso, usam, sem prescrição médica, analgésicos e anti-inflamatórios para combater dores musculares e nas costas. Buscam aliviar os sintomas e ignoram que o correto é tratar as causas dos problemas. A redução do peso corporal e uma melhor condição física poder evitar a necessidade do uso crônico destas drogas que podem causar gastrite, úlceras, insuficiência renal, hepatite medicamentosa e até problemas cardiovasculares no caso do uso prolongado de determinados tipos de anti-inflamatórios.

Quando as dores musculares aparecem devido a um processo inflamatório natural, relacionado com a prática esportiva competitiva, o uso de anti-inflamatórios orais inibe a produção, pelo organismo, das substâncias responsáveis pela reparação das fibras musculares. Portanto, não devem ser usados. O processo regenerativo dos músculos pode ser acelerado com repouso ou com a prática de exercícios de baixa para moderada intensidade e alongamentos. No caso do tratamento de lesões musculares e ligamentares tais drogas poderão ser utilizadas, mas com prescrição médica.

6. Dimensões do campo de jogo

No futebol profissional se admite medidas mínimas e máximas para o campo. O comprimento (90 a 120 metros) e largura (45 a 90 metros) podem variar, mas para jogos internacionais as medidas recomendadas são 100 a 110 metros de comprimento e 64 a 75 metros de largura. Os campos de jogo utilizados pelos boleiros não obedecem a dimensões padronizadas pela Fifa, longe disso.

Os espaços disponíveis são ocupados e podem variar tanto na largura como no comprimento. Conheço inúmeros campinhos que foram adaptados ao local disponível, alguns menores que uma quadra de basquetebol, e outros quase do tamanho dos gramados oficiais. As diferentes dimensões exigem preparação física específica para cada uma delas.

Enquanto no futebol profissional os jogadores percorrem, em média, entre 10 e 13 km num jogo, os amadores não chegam perto destas distâncias. Quanto menor o campo menor será a distância percorrida. As competições oficiais, disputadas em campos maiores exigem deslocamentos em diferentes intensidades, a maior parte deles em média e baixa. Apenas 8 a 12% dos deslocamentos são percorridos com sprints. Os jogadores profissionais realizam entre 50 e 55 sprints por jogo, percorrendo uma distância entre 15 e 25 metros, em média, com duração de 3 a 6 segundos.

Neste caso, os intervalos para recuperação, quase sempre, são maiores, mas os piques em alta velocidade são mais longos, consequentemente cobrando adaptação proporcional dos músculos e do sistema cardiorrespiratório a este tipo de exigência.

A realidade dos boleiros é outra, os campos são menores, ou bem menores, e isso implica numa diferença no número, na distância e na duração dos sprints que duram poucos segundos. Na verdade, o que acontece, com mais frequência, nos campos reduzidos são as acelerações. Campos de pequenas dimensões reduzem as distâncias a serem percorridas e o desgaste associado às ações em velocidade que dependem, inclusive, da duração do jogo. No espaço reduzido o número de jogadores é menor e a participação de cada um acontece com mais frequência. A alternância de ações rápidas e de curta duração com intervalos breves de recuperação exige preparação física específica para as dimensões do campo. Diferente daquela necessária para se jogar num espaço maior, com mais jogadores e regra do impedimento. Quem está habituado a competir em espaço reduzido não consegue o mesmo desempenho quando se propõe a disputar uma pelada em campos de dimensões maiores e o inverso também é verdadeiro.

Os dois exemplos citados reforçam a necessidade de praticar exercícios regularmente durante a semana para garantir aptidão física básica para as diferentes situações. O que chamamos de aptidão física básica é:

1. Boa condição cardiorrespiratória adquirida através da corrida em ambiente aberto ou nas esteiras das academias;
2. Músculos fortes, treinados em aparelhos ou com o peso do próprio corpo.

Ambas as condições representam o mínimo necessário para desempenhar, com mais eficiência e menor risco de lesões, os desafios de qualquer prática competitiva. Amigos boleiros, vocês perceberam como cada detalhe é importante para planejar o treinamento considerando as peculiaridades e as dimensões do local da prática? Fácil concluir que o mais sensato é buscar orientação do profissional de educação física que saberá levar isso em conta para melhorar o desempenho.

7. Tipos de pisos do campo de jogo

A grama natural sempre foi e continua sendo meu piso predileto para jogar futebol, entretanto, não é fácil a manutenção de um gramado. Precisa ser regado e podado com frequência, principalmente durante os meses mais chuvosos. Quanto mais usado mais rápido se deteriora e a grama desaparece nos gols e nas zonas do campo onde é mais pisoteada. No nosso campo, onde os jogos acontecem apenas aos sábados, conseguimos mantê-lo em ótimas condições. Na pequena área usamos um pedaço de lona, daquelas que os caminhoneiros protegem a carga, para preservar o gramado. Entretanto, nosso caso é uma exceção porque o campo é particular e só é usado pelos Velhinhos da Fifa.

A maioria dos clubes já optou pela grama sintética porque a durabilidade é maior e de mais fácil manutenção. Apesar de reconhecer que a qualidade da grama sintética melhorou muito sabemos que nem todos os clubes investem no que há de melhor. Se há alguns anos o piso sintético era um carpete verde aplicado sobre uma base de cimento, atualmente as condições são bem diferentes. Mesmo assim, até bem pouco tempo, no futebol profissional os atletas reclamavam da temperatura do piso sintético.

Em 2015, no jogo de abertura da Copa do Mundo de Futebol Feminino, entre Canadá e China em Edmonton, a temperatura ambiente era de 23°C, mas no gramado sintético estava 48°C. O desconforto na sola dos pés e o aquecimento das pernas, acima do normal, causou fadiga extra e o jogo se arrastou nos minutos finais quando todas as atletas já estavam esgotadas. Se é ruim para o rendimento de jogadoras profissionais fácil imaginar como é prejudicial para os boleiros sem condições físicas ideais.

Os gramados com padrão Fifa melhoraram, mas não são encontrados na maioria dos clubes sociais. Outro fato que coloca a grama sintética em inferioridade são os efeitos em longo prazo. O ambiente mais quente do gramado artificial favorece o aparecimento de bactérias que penetram no organismo através das feridas (queimaduras) causadas pela grama. Os goleiros, para se protegerem, usam calças de agasalhos, mas não acontece o mesmo com os outros jogadores. Entretanto, os boleiros jogam onde é possível jogar, eu mesmo já disputei campeonatos em campo de areia grossa que, com frequência, provocava lesões na pele e infecções.

Além dos problemas citados, quando não temos à disposição um bom gramado natural, é sempre oportuno lembrar que diferentes pisos implicam em diferentes necessidades de adaptação. As articulações sofrem mais nos pisos duros, os impactos sucessivos abreviam a vida útil delas e agravam problemas preexistentes. A escolha correta do calçado adequado conforme o tipo de piso é muito importante, as chuteiras não devem ter travas, apenas ranhuras para facilitar a aderência sem prejudicar os movimentos. A bola também "estranha" os pisos alternativos e, no caso da grama sintética, ressalta mais alto e se desloca com mais velocidade. O boleiro experiente assimila rápido as nuances que caracterizam cada tipo de terreno de jogo.

8. Duração do jogo

Cada grupo de boleiros tem regras adaptadas às circunstâncias e experiências adquiridas ao longo de anos de prática. O tempo de jogo é uma das regras que podem ser locais. Os Velhinhos da Fifa, grupo que há mais de cinquenta anos pratica futebol *society* em Vargem Grande do Sul, jogam partidas de 10 minutos de duração. Parece pouco, mas é suficiente para quem joga e menos monótono para quem está esperando a vez de jogar. O vencedor fica para enfrentar o próximo adversário. Qualquer descuido pode significar a derrota e a eliminação momentânea. Neste caso particular, o tempo de jogo também influi no tipo de preparação física necessária para enfrentar corridas curtas e rápidas, executadas com maior frequência. Qualquer equipe que sofrer um gol precisa se expor na busca pelo empate. O jogo, com dez minutos de duração exige dedicação coletiva constante, é muito disputado, vencer significa permanecer no gramado e continuar colocando em prática as habilidades individuais. O vencedor é obrigado a enfrentar outra equipe descansada e superar a motivação daqueles que entram buscando um resultado positivo para derrotar o adversário. Por outro lado, o derrotado aproveita o descanso de dez minutos para recuperar o fôlego visando ser bem-sucedido quando voltar. O lado negativo, além da derrota, é ficar "longos" dez minutos esperando para retornar. A equipe que vence três jogos consecutivos sai na foto daquela tarde esportiva que é postada no grupo do *whatsApp*. Brincadeira interessante que motiva, aumenta a competitividade e a gozação, que não pode faltar, entre os boleiros.

Velhinhos da Fifa

* A equipe que vencer três partidas consecutivas, por diferença de gols, é a campeã da tarde. De pé: Noronha, Thadeu e Cortez. Agachados: Edinho, Calito e Marcio.

No clube Alto dos Pinheiros as partidas duram 30 minutos e um resultado adverso pode ser modificado, com mais facilidade, ao longo do jogo. Quanto maior a duração menor o número de ações explosivas por jogador. Partidas mais longas levam os praticantes a cadenciarem mais as ações e a resistência à fadiga passa a ser uma das qualidades físicas determinantes para o sucesso dos praticantes. Dependendo do empenho de cada jogador o cansaço final é maior exigindo tempo mais prolongado de recuperação. É comum boleiros sem condição física permanecerem no campo durante trinta minutos jogando na "banheira". Quando o time deles perde a posse de bola e o adversário começa a organizar um contra-ataque eles ficam parados, assistindo seus companheiros serem envolvidos pelos adversários em superioridade numérica. Equipes com jogadores que não rendem o que se espera de um praticante de esporte coletivo sofrem com a sobrecarga imposta aos demais que estão mais bem preparados fisicamente.

Nos dois exemplos citados mostramos como a duração das peladas pode interferir no tipo de preparação física que deve ser adotado para cada situação. Nos campos com dimensões semelhantes o tempo de jogo interfere na intensidade da disputa.

- *Duração de 10 minutos – maior intensidade – sprints curtos e mais frequentes;*
- *Duração de 30 minutos – menor intensidade – sprints curtos e com frequência mais espaçada.*

9. Material de jogo

O equipamento exigido para participar de uma pelada depende do piso do campo de jogo e do local da prática. Na praia se joga descalço e na maioria das vezes sem camisa, o que é normal. No outro extremo, boleiros jogam em gramados bem cuidados e usam chuteiras de grife, com ou sem travas e uniformes completos, meias, calções e camisas iguais às dos grandes clubes do futebol mundial. A maioria dos praticantes, nos diferentes tipos de piso e dimensões do campo jogam pelo prazer de jogar e, na maioria das vezes, sem chuteiras adequadas. Entretanto, a qualidade e a segurança do desempenho dependem dos cuidados que precisamos ter quando escolhemos, principalmente, o melhor calçado para jogar. Não é a marca que deve pautar a escolha, mas sim o conforto dos pés. As camisas e calções não podem limitar as ações do boleiro e o tecido sintético deve ser evitado porque dificulta a troca de calor com o meio ambiente. Durante a disputa aumentamos a temperatura corporal e precisamos transpirar para evitar que exceda os limites de segurança. Uniforme que dificulta a dissipação do calor antecipa o aparecimento da fadiga. Calças compridas de agasalhos só devem ser usadas em temperaturas baixas mesmo assim apenas durante o tempo necessário para o aquecimento se completar.

10. Aquecimento

Durante o período que trabalhei no Sesc-Consolação uma das funções era orientar o aquecimento das equipes que jogavam futsal. Os boleiros detestavam gastar quinze minutos do tempo que era disponibilizado para o uso da quadra com essa atividade. Imaginem como era difícil para eles reduzirem para quarenta e cinco minutos o período de bola rolando. Esperavam a semana inteira por aquele momento e o professor, apesar dos apelos, insistia com o tal aquecimento. Alguns, mais ousados, chegavam ao absurdo de tentar me "convencer", com presentes, para que eu não gastasse o tempo com os exercícios. Parece piada, mas para eles o aquecimento era um castigo, não servia para nada, só diminuía o tempo de diversão com a bola nos pés. Muitos boleiros agem da mesma maneira, não chegam mais cedo para fazer o aquecimento e, quando chegam, preferem ficar chutando a bola na direção do gol. Quase sempre acertam!!!

O que é aquecimento? A fase ativa de transição entre o repouso e a prática esportiva ou condicionamento físico, visando segurança e melhor desempenho em ambas as situações, recebe o nome de aquecimento (*warm-up*).

Qual o objetivo do aquecimento? Para que todos os sistemas do corpo humano possam corresponder ao aumento da demanda de energia para a realização de tarefas físicas intensas (como jogar futebol) é importante proporcionar condições ideais de desempenho. O aquecimento prepara os músculos esqueléticos, coração e pulmões para um aumento progressivo da intensidade do exercício. Isso significa que devemos evitar mudanças bruscas e optar por um aumento gradativo da intensidade dos estímulos como medida preventiva de lesões musculares. O aquecimento prepara o corpo e a mente para a prática esportiva intensa.

O que acontece durante a fase de aquecimento? Quando iniciamos uma caminhada acelerada ou uma corridinha leve a temperatura corporal começa a subir e os vasos sanguíneos se dilatam aumentando o fluxo de sangue para os músculos em atividade. A frequência cardíaca aumenta associada ao aumento do número de vezes que respiramos por minuto. Estas adaptações favorecem a chegada do oxigênio e de nutrientes para as fibras musculares, além da eliminação de gás carbônico. O corpo começa a ficar preparado para suportar melhor exercícios intensos e prolongados, situação característica de uma partida de futebol. Quando pego de surpresa, numa mudança brusca do repouso para o exercício, os mecanismos de adaptação não encontram tempo para reagir. Os batimentos cardíacos aceleram rápido e a fadiga aparece precocemente. Os movimentos que exigem flexibilidade ficam prejudicados dificultando as ações onde a mobilidade articular e a elasticidade muscular são vitais. As intervenções que primam pela integração rápida e precisa dos diferentes segmentos do corpo acontecem sem a coordenação motora necessária para a fluidez do gesto técnico. Portanto, na fase de aquecimento nos preparamos física e mentalmente para exibir nosso talento ou, o que resta dele.

Como fazer o aquecimento? Primeiro, é preciso diferenciar o aquecimento geral do específico porque a diferença é fundamental para os praticantes de esportes e, neste caso, do futebol. O aquecimento geral envolve a realização das atividades básicas recrutando a participação dos grandes grupos musculares. Andar, trotar, pedalar e praticar alguns exercícios de forma dinâmica são exemplos de como podemos elevar a temperatura corporal e facilitar a assimilação de cargas mais intensas de treinamento ou competição.

O aquecimento específico exige a realização de movimentos relacionados com aqueles que são próprios da modalidade esportiva a ser praticada. No futebol, por exemplo, o aquecimento específico pode ser feito com bola ou sem. Particularmente, prefiro começar sem bola e depois incluí-la em troca de passes curtos com mudanças de direção combinadas com pequenas acelerações. Chutes de média e longa distância ao gol devem ser evitados, mas na prática é o que mais acontece quando os boleiros chegam no campo de jogo. Tudo que se deve evitar, sem antes fazer aquecimento, são movimentos de alta intensidade, explosivos, e o chute a gol é um deles. A literatura sobre o assunto não aborda o tema, mas acho importante incluir outro tipo de aquecimento relacionado com necessidades ou limitações que acompanham a maior parte dos boleiros ao longo da vida.

Neste aquecimento seriam priorizados, por exemplo, os exercícios abdominais e os alongamentos para evitar as dores lombares frequentes nos boleiros que estão acima do peso e com a barriga proeminente. Importante destacar que o aquecimento específico deve ser precedido do aquecimento geral.

Quanto tempo deve durar o aquecimento? O período de aquecimento deve durar entre 15 e 20 minutos dependendo do tipo e da intensidade da atividade a ser praticada na sequência e da temperatura ambiente. Para a prática do futebol o tempo não deve ser inferior a 15 minutos o aquecimento deve ser mais intenso por se tratar de atividade competitiva intermitente.

Os exercícios de alongamento são importantes na fase de aquecimento? Sim, são importantes e várias técnicas de alongamentos podem ser usadas para preparar os músculos, mas não se deve utilizá-las de maneira exclusiva. Na fase de aquecimento, é preciso saber usar o tempo disponível para atingir os objetivos. Principalmente, quando o tempo é curto e a ansiedade é muito grande.

Resumindo: na fase de aquecimento (*warm up*) optar por alongamentos dinâmicos com movimentos lentos e controlados explorando a mobilidade de cada articulação.

Na fase de recuperação (*cool down*) optar por alongamentos estáticos para facilitar o relaxamento dos músculos e acelerar o processo de regeneração dos tecidos.

Importante: A fase de aquecimento deve sempre ser iniciada com exercícios dinâmicos (caminhar, trotar, correr, saltitar etc.).

IV
O DESEMPENHO TÁTICO DO BOLEIRO NO FUTEBOL

A maioria dos boleiros da minha idade e, mesmo os mais novos, nunca tiveram a oportunidade de treinar em ambiente estruturado, sob a orientação de um verdadeiro treinador. Aprendemos a jogar futebol praticando e observando os mais experientes. Desenvolvemos a técnica individual e o domínio dos fundamentos em peladinhas de rua e terrenos baldios. A única preocupação era com a habilidade para jogar.

Nossas equipes eram formadas por aqueles que se diferenciavam no grupo. Quem escalava o time era o mais talentoso ou alguém que sonhava ser treinador, mas estava muito longe de ter competência para tal. Só recentemente a CBF criou um curso e passou a obrigar os interessados na profissão a ter um diploma para poder trabalhar. Antes tarde do que nunca.

No início dos anos 70, quando era recém-formado, me diplomei no curso de especialização para treinadores de futebol da Escola de Educação Física e Esporte da USP. Era comum a USP receber colombianos, peruanos, bolivianos, equatorianos, entre outros, que buscavam aprimorar conhecimentos na nossa Universidade. O treinador da Seleção da Costa Rica, na Copa do Mundo de 2014, que era colombiano, foi um dos que fizeram o Curso de Técnico de Futebol na EEFE USP, fomos contemporâneos. Foi, como eu, aluno do Prof. José de Souza Teixeira e estagiou no Corinthians, naquela época, sob o comando de Oswaldo Brandão. Depois Jorge Pinto foi estudar na Alemanha em sua constante busca pela especialização.

Entretanto, como no Brasil não havia obrigatoriedade do diploma para exercer a profissão e, sem nenhum apoio da CBF e da Federação Paulista de Futebol, o curso deixou de existir.

Professores Cortez e José de Souza Teixeira com o uniforme do time dos professores da EEFE – USP

Quando assumi a responsabilidade de ministrar aulas de futebol na EEFE USP, voltei a organizar o curso de treinadores. Procurei, sem êxito, o apoio da Federação Paulista de Futebol e do Sindicato dos Treinadores de Futebol do Estado de São Paulo. Não desanimei e, apoiado por alguns alunos que buscavam aprimorar conhecimentos para exercer a profissão de treinador, atingi o objetivo. A cerimônia de lançamento do curso foi no salão nobre do E.C. Pinheiros e a Maison de France nos ajudou oferecendo o coquetel com vinhos e queijos franceses. Eles já estavam divulgando a Copa de 1998 que seria disputada na França. Era um curso de 360 horas com aulas práticas e teóricas ministradas por treinadores, psicólogos, médicos, fisiologistas e profissionais de educação física ligados ao futebol profissional. Infelizmente, depois de alguns anos, tivemos que interromper o curso, pela segunda vez, devido a mobilização de estudantes da USP contrários ao oferecimento de cursos pagos.

Apesar de tudo, conseguimos formar vários profissionais que hoje, são treinadores ou fazem parte de comissões técnicas de equipes brasileiras e de outros países. Muitos organizaram escolinhas de futebol e trabalham com crianças no exterior. Até recentemente, para ser técnico o importante era ter sido jogador de futebol profissional, mas agora só isso não basta. Ninguém pode trabalhar sem diploma, mesmo que ministrado com pouca carga horária e sem a chancela de uma universidade. Quem pode contrariar a Fifa? O lado bom é que está ficando para trás o tempo dos treinadores improvisados. Mesmo assim ainda são poucos aqueles capazes de identificar se o jogador é competente para realizar a transferência do treinamento técnico para a situação real de jogo. Nas categorias de base quantos sabem valorizar o jogador inteligente que usa o talento e a técnica como suporte para a tática e para o sentido coletivo do jogo? Ainda estamos muito distantes dos treinadores argentinos e europeus formados em escolas tradicionais e reconhecidas nos seus países. Chegaremos lá?

Jogar em um ambiente estruturado, sob a orientação de um bom treinador, permite melhor desenvolvimento do praticante de futebol.

1. Tática individual

Para jogar futebol, a concentração é extremamente importante. Os sentidos estão, constantemente, sendo bombardeados com informações que exigem interpretação rápida. Com ou sem a posse da bola somos desafiados a tomar decisões, em frações de segundos, que podem significar um gol contra ou a favor. Os olhos, os ouvidos e o controle cinestésico ajudam a identificar o posicionamento dos adversários e dos companheiros de equipe. A visão frontal e periférica permite observar os deslocamentos de todos os jogadores e a trajetória da bola. Ajuda a identificar as condições do gramado e a a influência das condições climáticas que podem prejudicar o gesto técnico e lances de habilidade. O controle cinestésico diferenciado permite focar, unicamente, na execução do movimento para poder utilizar a visão para funções superiores. A audição seleciona palavras e frases que podem dar pistas sobre as intenções dos parceiros e dos oponentes, quando eles estão com a posse da bola. Nas peladas, a audição precisa ser muito seletiva porque os boleiros falam muito para suprir o declínio da condição física.

Os músculos, responsáveis pelo aparelho fonitivo, são incansáveis! A língua do boleiro joga sem bola, o tempo todo. Os sentidos, em resumo, são imprescindíveis para nos ajudar a pensar e refletir sobre o resultado das nossas decisões diante de situações específicas. Eles nos municiam com informações para que possamos usar a inteligência para aperfeiçoar a maneira como resolvemos os problemas do jogo.

Segundo Welford são três mecanismos sucessivos e fortemente relacionados:

- *Mecanismo perceptivo – o que acontece?*
- *Mecanismo de decisão – o que fazer?*
- *Mecanismo de execução – como fazer?*

Quanto mais eficiente for o processo de captação das informações que se sucedem, mais rápido e preciso será o processamento das respostas adequadas visando ações bem-sucedidas no jogo. O conhecimento diferenciado das possibilidades situacionais possibilitará tomada de decisão mais rápida e objetiva devido a maior capacidade de antecipação aos eventos do jogo e as respostas do adversário.

A longa experiência como praticante de futebol, independente de onde jogou e se foi ou não profissional, proporciona a alguns jogadores uma ótima leitura de jogo. A vivência do jogador e observador das ações individuais e coletivas que acontecem durante a partida ajuda a construir uma enorme base de dados no cérebro. As informações armazenadas, associadas a um diferencial cognitivo, permitem interpretações rápidas das situações táticas e dos recursos individuais dos companheiros e dos adversários. Esta capacidade diferenciada é chamada de velocidade de antecipação e ela permite que boleiros mais velhos possam competir bem com os mais jovens. A velocidade de antecipação ajuda a suprir o inexorável declínio físico que acompanha o envelhecimento.

O boleiro inteligente desenvolve o dom de interpretar as ações dos adversários e de encontrar atalhos para compensar a falta de explosão e a lentidão do tempo de reação.

> *"Tática individual – ação realizada por um jogador para resolver de forma exitosa as diferentes situações de jogo, ou cumprir bem as exigências da tática coletiva"* (KONZAG e col. 1995).

2. Tática grupal

Na maioria das peladas, além da tática individual são usadas, com limitações, as táticas grupais porque as equipes não são formadas com antecedência. No nosso grupo as equipes são organizadas pela ordem de chegada dos boleiros e são escolhidas de maneira a ficarem equilibradas. Portanto, raramente elas se repetem a cada sábado. Procuramos dificultar a formação das chamadas "panelinhas" e permitir que todos tenham oportunidade de experimentar jogar com companheiros diferentes. Entre as vantagens deste "regulamento" a principal é reduzir o acirramento de rivalidades pessoais que podem comprometer o relacionamento e provocar inimizades. Mesmo assim, durante a escolha das equipes, sempre existe a possibilidade de cada um escolher companheiros que se afinam com sua maneira de jogar e evitar aqueles que não se encaixam neste critério. É natural que isso ocorra porque, no nosso caso, quem vence permanece no campo e três vitórias consecutivas significa sair na foto como o campeão da tarde.

Podemos chamar esta maneira de organizar a equipe de tática grupal. Isto é, quem escolhe monta sua tática grupal defensiva e ofensiva optando por companheiros que atendam os pré-requisitos básicos para defender ou atacar. Acredito que muitos grupos de boleiros funcionam assim e atribuo a longevidade do nosso, mais de cinquenta anos, a essa regra de boa convivência que permite a todos a oportunidade de ser o campeão da tarde.

Tática grupal – situações reduzidas onde são observados um grupo de jogadores. *Exemplo:* quando os jogadores de defesa se adiantam para provocar um impedimento.

3. Tática coletiva

Muitas equipes de boleiros jogam sempre juntos, com poucas variações na formação e em campos oficiais, onze contra onze. Claro que enfrentam adversários que procedem igual. Ao contrário daqueles citados anteriormente, que encaram as peladas como uma forma de lazer mais descontraída, eles continuam competindo como se o tempo não tivesse passado.

As equipes têm nome, uniforme e tradição e jogam contra adversários, quase sempre, com as mesmas características. Os confrontos são mediados por árbitros e, às vezes, até com a presença de bandeirinhas. Todo cenário de uma partida oficial, até a rispidez nas disputas pela posse da bola e a inconformidade com a derrota. Será que neste caso particular a tática coletiva está presente? Ou o jogo acontece de forma coletiva amparado pela tática individual e grupal? Equipes onde os integrantes se habituaram a jogar juntos, durante muito tempo, acabam mostrando um padrão de comportamento que pode se assemelhar a um plano tático intencional, mas isto não significa que realmente seja.

Planejamento tático coletivo pode mudar de jogo para jogo, precisa de treinamento constante que não faz parte da realidade dos boleiros. Depende de trabalho árduo e orientação competente para harmonizar a inteligência e as diferentes características de cada jogador.

Numa partida de futebol milhares de decisões são tomadas e a tática de uma equipe procura dizer ao jogador que tem a bola o que fazer, em cada uma delas, em função do bem coletivo. Cada um, dos outros dez jogadores, precisam saber o que aquele que tem a posse de bola irá fazer para que possam planejar suas ações subsequentes. Portanto, fica difícil imaginar que equipes amadoras de boleiros consigam ter um plano tático coletivo. As ações dependem das experiências individuais e do entrosamento entre grupos.

"Tática coletiva – Situações globais onde participam todos os jogadores. Exemplo – pressão de toda equipe para recuperar a bola.

Resumindo os três conceitos citados podemos dizer que táticas são diferenciais cognitivos que permitem a um jogador, grupo de jogadores ou toda equipe usar, efetivamente, suas habilidades e talentos durante o jogo visando o sucesso coletivo.

> *"Não há futebol atacante ou futebol defensivo. Quando se tem a bola, tem de se pensar sobre o que vai acontecer quando a perder. Quando não se tem, é preciso saber o que fazer quando a recuperar"*
> (Vitor Frade, criador da Periodização Tática).

V
MINHA HISTÓRIA NO FUTEBOL – UM AUTÊNTICO BOLEIRO

1. Infância e adolescência em Vargem Grande do Sul e Casa Branca

A bola foi personagem precoce na minha infância em Vargem Grande do Sul. As primeiras lembranças remetem ao Grupo Escolar "Benjamin Bastos" onde o prof. Gregório Pasquini, que era goleiro de uma das equipes da cidade, estimulava a prática num espaço improvisado antecipando a presença de aulas de educação física no primeiro grau. Ainda na segunda metade da década de cinquenta, levado pelo meu pai, frequentei assiduamente as partidas de futebol no Estádio Municipal "Dr. Gabriel Mesquita".

Lá, no espaço que separava a arquibancada do campo, disputei meus primeiros rachas, com torcida incentivando, chutando bagaços de laranja com outros garotos no intervalo do primeiro para o segundo tempo da partida. Também foi no estádio que, vendo a "classe" de um "center half" que jogava pela A.A. Vargeana, comecei a escolher minha posição no campo de jogo. Via, com admiração, o jogador dominar a bola no peito e fazer um passe facilitando a sequência da jogada. Meu pai me incentivava, destacando a importância de saber dominar a bola com qualquer parte do corpo e jogar de cabeça erguida para melhor fazer a leitura do jogo. Ficar atento aos constantes deslocamentos dos companheiros e adversários sempre foi condição indispensável para quem pretendesse, como eu, jogar como "meia armador".

Combinando os métodos, global e analítico, fui aperfeiçoando minha técnica individual jogando nas ruas, calçadas, terrenos baldios e campinhos improvisados nos pastos da periferia da cidade (método global).

Infantil da A.A. Vargeana

De pé: Renato, NI, Carlão, Wanderley K., NI* e Claudinei. Agachados: Claudinho, Felicinho, J.A. Cortez, Moacir K. e Romualdo. NI = não identificados.

Para aprender a "matar" a bola com o peito, que era um lance que me encantava, perdi a conta de quantas vezes a arremessei com as mãos contra a parede para, na volta, dominá-la esvaziando os pulmões (método analítico). Aprendi no livro "Eu sou Pelé", que ganhei da minha mãe e professora, Rosa Aguilar Cortez, no quarto ano primário. Foi o Atleta do Século que me ensinou para expelir o ar dos pulmões quando a bola se chocasse contra meu peito para evitar que o impacto a afastasse do meu controle e dificultasse seu domínio. Arremessar a bola contra a parede e para o alto também me ajudou a aprender a dominá-la com as coxas e com os pés. Obedecia aos conselhos do meu pai sobre a importância de saber dominar a bola independente da velocidade ou trajetória. Quando ingressei no Ginásio Estadual "Alexandre Fleming" organizamos, eu e colegas, nossa primeira equipe de futebol para disputar um campeonato. Real Madrid foi o nome que escolhemos porque a equipe espanhola era a sensação daquela época.

Real Madrid

*Em pé: Flávio, Jácomo, Marco, Paulo Claudinei e Zé Reinaldo. Agachados: Neguinho, Moacir, Claudinho, J.A. Cortez e Humberto.

    Jogávamos no campo do Botafogo, que era atravessado, em diagonal, por uma estradinha que marcava o gramado como uma cicatriz de terra batida. Ela dava acesso a uma chácara cujo proprietário não incomodava nem aplaudia nossas peladas. O jogo não ficava prejudicado porque o tráfego de veículos se limitava a poucas carroças e charretes, de vez em quando um veículo motorizado. Nas aulas de trabalhos manuais do ginásio, aprendemos com o prof. Angelo Perroni como fazer uma caixa de primeiros socorros de madeira. Visitamos algumas farmácias e conseguimos doações para preencher os espaços com mercúrio cromo, mertiolate, álcool e gaze. Tudo que era indispensável para as contusões mais frequentes nos campos duros e com pouca grama que facilitavam as esfoladas, principalmente nos joelhos.

Ainda no ginásio comecei a ter contato com o futsal, na época futebol de salão, fato que muito contribuiu para desenvolver novas habilidades. A bola pesada induzia ao aprendizado do jogo rasteiro e o espaço reduzido, com menor número de jogadores, exigia contato permanente com a bola e, consequentemente, tomada de decisões constantes. Nessa época pratiquei, de forma concomitante, futebol e futsal. Comecei a fazer parte da seleção do ginásio e a jogar contra equipes de outras cidades. Entre 1961 e 1962, por conta de uma professora de português que não simpatizava comigo, fui obrigado a me transferir para Casa Branca. Lá, embora contrariado por ter que morar na casa de uma tia durante a semana, tive a oportunidade de frequentar o Instituto de Educação Dr. Francisco Thomaz de Carvalho e fazer parte da equipe de futsal daquela escola.

Frequentei também o clube da cidade, ACCP, onde convivi com jogadores, muito habilidosos, de futebol e futsal. Jogos em Mogi-Guaçu, Mococa, Vargem Grande do Sul e torneios locais passaram a fazer parte da minha rotina naquela cidade. Em Casa Branca joguei futebol na equipe orientada pelo Gilmar, sapateiro polêmico, apaixonado pelo esporte. Sua equipe era o Corinthians Casabranquense que revelou craques como Maritaca e Lance, que jogaram no E.C. Corinthians, da capital, e muitos outros que chegaram a disputar o Campeonato Paulista por equipes do interior.

Em 1963 voltei para concluir o ginásio em Vargem Grande do Sul. Naquele ano disputamos o torneio de futebol de salão organizado para comemorar os cinquenta anos do Instituto de Educação "Francisco Thomaz de Carvalho" em Casa Branca. Lá tive a oportunidade de marcar um gol que foi aplaudido de pé pelos torcedores presentes. Foi jogando contra a forte equipe de Piracicaba que tabelei com Felicinho (Felicio Mizurini Filho), meu parceiro de ataque, do meio da quadra até a linha da área sem deixar a bola tocar no chão. Não era comum, no esporte da bola pesada, acontecer tabelas com a bola no ar, ainda mais com dois garotos jogando contra uma equipe de adultos. Mesmo não chegando à final do torneio nossa equipe foi a sensação do evento por aquele gol e pelas jogadas realizadas. Não tínhamos técnico, nos organizamos por conta própria, sem ajuda de ninguém.

O esporte nos ensina a tomar iniciativas, a liderar e ser liderado tendo em vista objetivos comuns.

Futsal

* De pé: João Paulo, Zé Reinaldo, Zé Luiz e Paulão. Agachados: Humberto, J.A. Cortez e Felicinho.

2. Futebol de campo em Vargem Grande do Sul

Rio Branco Futebol Clube

O primeiro campeonato municipal de futebol que disputei foi no ano de 1965 em Vargem Grande do Sul. Estava no segundo científico e estudava, novamente, em Casa Branca.

Foi inesquecível porque fomos campeões e eu já jogava com a camisa 10, honraria a mim concedida pelo nosso treinador, o Sr. Lucio Cossi. Naquela época a camisa 10 só era usada por jogadores que eram destaques da equipe.

Para participar dos treinamentos durante a semana o presidente do time, Sr. Cássio Dutra, mandava um motorista nos apanhar logo depois das aulas em Casa Branca. Naturalmente, tal gentileza fazia muito bem para meu ego porque meus colegas de classe também se beneficiavam do transporte gratuito. O campeonato, disputado em dois turnos, tinha equipes fortes como o América, vice-campeão, Primeiro de Maio, Bancários, XXI de Abril e Fazenda Formosa. O uniforme do Rio Branco era verde e branco, parecido com o da S.E. Palmeiras, meu time do coração. A emoção de fazer um dos gols no jogo decisivo do campeonato foi incrível. Pelo desempenho ganhei, do Zé Cossi, torcedor e dirigente, um par de chuteiras Gaeta, a mais desejada pelos boleiros da época.

O time de futebol do extraordinário boxeador Eder Jofre foi convidado para nos enfrentar no jogo festivo onde recebemos as faixas de campeões da cidade. A que recebi está exposta no Museu do Futebol do Estádio Municipal de Vargem Grande do Sul. Findo o campeonato o Rio Branco convidou os destaques das outras equipes para integrar a nossa e disputar amistosos na região. Fomos jogar em Santa Rita do Passa Quatro contra o Cinelândia ocasião em que fiz um gol de cabeça e, por ter me destacado, recebi convite para treinar no Guarani de Campinas. Com data agendada fomos, eu e meu pai, de Viação Cometa, para Campinas realizar um teste na equipe dirigida pelo técnico Godê.

Naquela fria tarde do mês de julho outros dois indicados e eu treinamos primeiro com os juvenis, dirigidos pelo Zé Duarte. Após a primeira parte do treino os outros dois que se submeteram ao teste foram dispensados e fui escolhido para aguardar a chegada dos titulares para treinar entre eles. Os profissionais foram chegando e minha ansiedade aumentando até a bola rolar novamente.

Foi muito bom, apesar da esperada rejeição que sofri como novato. Consegui jogar de forma satisfatória e até marcar um gol enfrentando a defesa titular do Guarani. Godê e Zé Duarte me convidaram para ficar em Campinas e continuar treinando com a equipe, fato que empolgou a mim e a meu pai, que ficou o tempo todo assistindo da arquibancada. Infelizmente meu sonho de ser jogador de futebol não se realizou porque naquele tempo era jogar ou estudar, condição imposta pelos selecionadores.

Minha mãe, professora, jamais permitiria que eu abandonasse o curso científico para arriscar a carreira de profissional de futebol. Mesmo porque, jogadores não ganhavam muito, inclusive aqueles que jogavam nas principais equipes do país. Minha paixão pelo futebol não desapareceu com meu sonho de ser profissional nem com o encerramento das atividades do Rio Branco, pelo contrário, continuei jogando e me divertindo.

Rio Branco F.C. – Jogo comemorativo do recebimento da faixa de campeão municipal

De pé: Jair, Cássio Dutra (presidente) Chico, Carioca, Zé Domingos, Carlos, Zizo, Careca, Simão, Lucio Cossi (treinador) e Fausto. Agachados: Cassinho, Gregório, Zé Geraldo e Lino (trio de arbitragem) Valdessi, J.A. Cortez, Nego, Canhoto, Zé Maria e Toninho. Mascote Fernando Dutra.

S.E. Vargengrandense

Se 1965 tinha sido um ano marcado pelas emoções e alegrias nas quadras e campos de futebol, 1967 não foi diferente. Fundamos a Sociedade Esportiva Vargengrandense para disputar o campeonato municipal daquele ano.

Eduardo Sbardellini, meu irmão Antonio Celso, os irmãos Flavio e Roberto Marcondes, Paulo Ferrari, Jobed e Felício Mizurini Filho eram os principais jogadores e dirigentes da equipe que nascia. Não fomos campeões, ficamos vice, com o melhor ataque e o melhor saldo de gols, mas o brilho do time também se manifestou nos amistosos realizados contra equipes de cidades vizinhas. Jogamos contra Santa Cruz das Palmeiras, equipe treinada pelo Dudizio, ex-goleiro do Jabaquara de Santos, e goleamos.

Nossa equipe foi tão superior, placar final 8 X 1, que o adversário se recusou a fazer o jogo de volta no seu estádio, como era praxe naquela época. Fomos jogar em Casa Branca, contra o Corinthians do Gilmar, e vencemos no campo da Escola Industrial. Eles tinham excelentes jogadores, entre eles alguns que depois se tornaram profissionais como Lance e Maritaca que jogaram na Ferroviária de Araraquara e depois no Corinthians Paulista. A Sociedade Esportiva Vargengrandense durou apenas uma temporada porque todos componentes estudavam e alguns tiveram que sair da cidade buscando cursos profissionalizantes ou faculdades, como foi o meu caso.

Fase dos campeonatos amadores em Vargem Grande do Sul

XXI de Abril F.C.

O XXI de Abril era a mais tradicional equipe da Vila Polar liderada pelos irmãos Fermoselli, donos da padaria, ponto de encontro dos boleiros do bairro e presidida pelo João Pessoa. Disputei partidas inesquecíveis jogando amistosos e campeonatos da Liga Amadora da região pelo Leão da Colina e, naquela época, já morava em São Paulo. Duas partidas das muitas realizadas, foram marcantes, uma delas com o clube representando a cidade contra o Escrete do Rádio, time da Rádio Bandeirantes de São Paulo, idealizado pelo inesquecível Fiori Gigliotti, comentarista da emissora. Jogamos no campo do XXI de Abril na Vila Polar com o estádio cercado de torcedores, pois lá não havia arquibancadas. A cidade parou para ver o jogo que vencemos por 3 a 1, com um gol meu.

Memória

Seleção da Cidade x Escrete do Rádio, de São Paulo
Campo do XXI do Abril
Data: 22/09/1974
Vitória de 3 a 1, gols de Cortez, Afonso e Márcio.
Em pé: *Alcides, Vignaldo, Húber, Natalino, Bertoloto (falecido), Célio Chiavegati, Márcio, Horácio, Perete, Geraldo, Toninho, Zé da Bronca, Waldemar Marta e Fausto Gadiani.*
Agachados: Vanderlei (falecido), Afonso, Cortez, Osvaldo, Paulo Mizurini, Tonho Leonel (falecido), Eduardo Sbardelini, Osvaldo e Azulão

O segundo jogo inesquecível realizou-se em Tapiratiba, valendo pelo campeonato amador. Ganhamos de 3 a 1 e marquei os três gols, um deles fruto dos meus treinos analíticos para aprender a dominar a bola com o peito. A descrição do lance jamais reproduzirá a emoção do momento, mas vale a pena a tentativa. Antônio Leonel, ponta esquerda do nosso time, bateu o escanteio e a bola quicou na meia lua da grande área na minha direção. Os zagueiros que estavam colocados próximos da marca de pênalti se apressaram em sair visando a dificultar meu contato com a bola. Imediatamente, aproveitando sua trajetória ascendente, com o peito toquei por cima de um dos zagueiros e fiquei livre de marcação para concluir a jogada com um chute de voleio de pé direito no canto esquerdo do goleiro. O zagueiro ficou sem ação porque levou um chapéu executado com o peito e, do outro lado, antes que a bola tocasse o chão, cheguei rápido para colocá-la, sem força, no fundo do gol.

O fato curioso da partida foi ver os dirigentes do XXI de Abril, no banco de reservas, abraçando o benzedor que acompanhava a equipe. O velhinho tinha benzido meu joelho direito, que já não era bom, e conquistado o mérito por eu ter marcado os três gols da partida. Joguei muitas vezes pelo Leão da Colina e quase sempre deixei minha marca no placar, mas foi defendendo as cores do XXI que tive a minha segunda contusão séria, luxação escápulo-umeral no ombro esquerdo. Passei a jogar na ponta esquerda, para diminuir a probabilidade de choque no ombro lesionado.

Foi em Itaiquara, perto de São José do Rio Pardo, que fui marcado pelo Modesto, ex-jogador do Santos F.C. Apesar da limitação imposta pelas constantes luxações fiz boa partida e dei assistência para o gol da vitória. Não ter paciência para esperar o tempo necessário imobilizado e sem tratamento com médico especialista a lesão se agravou e ficou crônica.

Convivi com luxações durante alguns anos até fazer uma cirurgia bem-sucedida no Hospital Santa Catarina, em São Paulo. Os campos e as camisas mudavam muito, mas a paixão pelo futebol continuava mesmo tendo que superar as limitações impostas pelo agravamento da lesão no joelho direito.

A. A. Vargeana

Para os torcedores do principal time de Vargem Grande do Sul, 1978 foi um ano marcante. Pela primeira vez a Associação Atlética Vargeana do saudoso Ramiro conquistava o título de campeã amadora da região de São José do Rio Pardo. Presidida por Paulo Dutra Pistoresi e escalada por um ex-goleiro que tinha passado por várias equipes da cidade, empatamos a primeira partida, da melhor de três, em Tapiratiba com um gol meu, de pênalti.

Estávamos perdendo de 1 a 0 quando o árbitro, muito corajoso, assinalou uma penalidade máxima contra o time da casa. Nosso técnico consultou alguns jogadores, contratados que vinham de outras cidades, mas ninguém quis bater a falta máxima. Diante da recusa dos previamente escolhidos ele, que não nunca me escalava com simpatia, foi obrigado a perguntar se eu aceitava fazer a cobrança. Assumi a responsabilidade e fui feliz, empatando o jogo. A equipe adversária, inconformada, provocou um tumulto e o árbitro acabou encerrando a partida mais cedo.

Fomos beneficiados pela ausência do adversário no jogo de volta na nossa cidade. O jogo disputado em Tapiratiba ficou marcado pela violência da torcida local que agrediu os torcedores vargengrandenses com pedradas dentro e fora do estádio. A revanche, seria disputada em Vargem Grande do Sul, mas os adversários não compareceram, temendo represálias.

Curiosamente, nunca perdi para o time daquela cidade e sempre deixei minha marca no placar. Na época tínhamos uma excelente equipe a começar pelo goleiro Donah, revelado pelo Segra de São Sebastião da Grama. Donah jogou no Palmeiras de São João da Boa Vista e depois na S.E. Palmeiras da capital, Flamengo e XV de Piracicaba. Na passagem pela S.E. Palmeiras era o terceiro goleiro da equipe que tinha Valdir de Moraes e Maidana (ex-goleiro da seleção uruguaia). Estreou contra o Cruzeiro de Belo Horizonte, porque os outros dois goleiros estavam machucados, e foi o grande destaque do jogo. Ficou pouco tempo no Palmeiras e interrompeu cedo a carreira profissional. Em 1976, mesmo aposentado, foi convidado pelo XV de Piracicaba para disputar a final do campeonato paulista contra a S.E. Palmeiras, acabou vice-campeão após tomar um gol de cabeça de Jorge Mendonça. Após abandonar, pela segunda vez, o futebol, a A.A. Vargeana foi buscá-lo na sua terra natal para liderar nossa equipe que se tornou campeã amadora. Tive a honra de jogar com ele, que foi responsável por defesas fantásticas na campanha daquele ano. Por residir em São Paulo e não poder participar de todas as partidas não vesti muitas vezes a camisa da Vargeana, mas sempre fazia o possível para convencer minha esposa e filhos a viajar para Vargem Grande do Sul.

Quem gosta de futebol, como eu sempre gostei, muitas vezes acaba sendo egoísta prejudicando os finais de semana dos familiares.

Ficha de inscrição, como amador na FPF

Bangu F.C.

O Ernesto Peretti era um abnegado apesar de ser um goleiro de poucos recursos sua paixão pelo esporte era admirável. Fundou o Bangu, time que mesclava jovens e veteranos, como eu, e excursionava pelas cidades vizinhas e fazendas da região. Os que tinham automóveis ou camionetes colaboravam levando os jogadores titulares e o segundo escalão. A equipe que fazia a preliminar era apelidada de Cascudão. Éramos quase imbatíveis, mesmo jogando em São José do Rio Pardo, cidade que revelou jogadores como Zanata (Vasco da Gama do RJ), Rondinelle (Deus da Raça do Flamengo RJ) e Mulato (Portuguesa de Desportos).

Alguns passavam as férias na cidade natal e aproveitavam o tempo livre para participar dos amistosos que aconteciam envolvendo as cidades próximas. O Bangu, àquela época, ficou famoso e era o time a ser batido. Jogamos em, Caconde, Itobi, Casa Branca, São Roque da Fartura e nas fazendas próximas a São José do Rio Pardo cujos proprietários reforçavam os times com ex-jogadores profissionais. Os destaques do Bangu eram o Fernando Bartichioti,

Álvaro Gadiani, Lucinho Cossi, Edinho Kemp, Nicola Ranzani, Totinho, Antonio Leonel, João "Louco", Ricardo de Melo, Dr. Sakamoto e meu irmão caçula Luis Francisco.

Jogar com este grupo foi, durante algum tempo, uma alegria que se renovava a cada domingo quando conseguia espaço na vida profissional para viajar. Como minha esposa, Beatriz P. P. Cortez, também é de Vargem Grande do Sul, as viagens eram muito frequentes porque ambos aproveitávamos para visitar nossos pais. As crianças adoravam porque podiam conviver com os primos e amigos da cidade.

Bangu

* De pé: Alvinho, Tarciso, Nivaldo, Tilápia, Edson, Lucinho, Paulinho, Alemão, Fernando. Agachados: Eduardo, Onofre, Luís Francisco Cortez, João Louco, Luís Nogues, J.A. Cortez e Totinho.

3. Futebol na Universidade de São Paulo

Seleção da Escola de Educação Física e Esporte da USP, Seleção da Universidade de São Paulo

Quando ingressei na faculdade, em 1969, a paixão pelo futebol não diminuiu, aumentou. Na minha turma encontrei, depois de muitos anos, o Augusto Cesar Francischetti, que havia jogado futsal comigo na equipe ginasial em Casa Branca entre 1961 e 1962. Passamos a compor o meio campo da EEFE USP, ele de médio volante e eu de meia esquerda. Cesar, estava morando em Santos e lá chegou a jogar com Clodoaldo no juvenil do peixe, era um craque. Juntos acabamos com a invencibilidade do time da Politécnica que era uma das poucas equipes com técnico contratado e treinamento regular.

Alguns jogadores da Poli eram estudantes profissionais, permaneceram mais tempo do que o necessário para se formar só para continuar jogando futebol na USP. Vencemos por dois a um, assinalei o gol da vitória após receber um passe perfeito do Cesar. Muita cerveja foi consumida na comemoração da quebra da sequência de bons resultados da Poli, fato inesquecível.

Clube Ipê. Jogo da EEFE USP

* De pé: NI* e J.A. Cortez. Agachados: Cesar e Ciro. NI = não identificado.

Pela faculdade disputamos campeonatos universitários e alguns amistosos, em tempo marcado pelas dificuldades na conciliação do trabalho com o estudo e, sem dúvida, a paixão pela bola. Jogar na inauguração do Campo I do Cepeusp - Centro de Práticas Esportivas da Universidade de São Paulo, foi um dos acontecimentos que dignificaram meu currículo de boleiro. A seleção da USP treinada pelo prof. Clodoaldo Mesquita, saudoso mestre e colega, enfrentou a visitante internacional da Universidade Livre de Berlim. Até palanque foi montado ao lado do campo para as autoridades. O reitor e diversos políticos assistiram nossa vitória por 4 a 2. Joguei na ponta direita completando a ala com o Paulinho, outro colega da EEFE-USP, que jogou na lateral. Sempre que passo por ali os lances do jogo são resgatados pela memória.

Com a seleção da USP também joguei contra uma universidade do Japão e perdemos por um a zero. Alguns jogadores, individualistas, foram responsabilizados pelo resultado adverso. Jogar na seleção da USP não era fácil, muitos alunos de outras unidades não precisavam trabalhar e podiam participar dos treinamentos que aconteciam no Cepeusp. Quem dependia do trabalho para pagar as despesas de moradia e alimentação não podia usufruir deste privilégio. A seleção da USP fez amistosos no Pacaembu e no Morumbi, mas não fui convocado, exatamente por não participar regularmente dos treinamentos.

Equipe dos professores da EEFE USP e do Centro de Práticas Esportivas da USP

Ingressei na EEFE USP como auxiliar de ensino e, logo no primeiro degrau da minha carreira universitária, passei a fazer parte do time dos professores. Imaginem a alegria de jogar com aqueles que tinham sido meus mestres. Os professores Clodoaldo Paulo Mesquita, José de Souza Teixeira, ambos falecidos, e amigo Emédio Bonjardim eram os líderes da equipe. Nem todos do grupo tinham histórico de boleiros, mas eram muito bons em outras modalidades como o Valdir Barbanti no atletismo, Mauro Guiseline, Medalha e Guilmar no basquetebol. Com o futebol no DNA só dois dos novatos; o José Luís Fernandes e eu. Com o passar dos anos passaram a integrar a equipe os professores Antônio Carlos Simões, Dante e Lula. Além dos amistosos que eram agendados pelos líderes da equipe, atendendo ao convite de ex-alunos que residiam no interior, no final do ano acontecia um jogo festivo contra a seleção dos formandos. Interessante que os professores nunca perderam para a moçada, mas quando começamos a apenas empatar concluímos que nossa fase tinha passado e os confrontos foram suspensos. Fizemos muitas viagens acompanhados dos nossos familiares e fortalecemos nossa amizade e os vínculos entre nossas esposas e filhos.

Professores da EEFEUSP

* De pé: Zé Carlos, Elias, Emédio, Zé Luiz, Lula, Laércio e Daniel. Agachados: Adauto, Dante, Clodoaldo, J.A. Cortez, Cadu, NI* e Waldir Pagan. NI = não identificado.

Com o passar dos anos a liderança do grupo foi deslocada para o Centro de Práticas Esportivas da USP, o Cepê, onde os professores Emílio e José Carlos, que era goleiro, trabalhavam. O time recebeu reforços de ex-alunos, rejuvenesceu e passou a ter uma agenda muito mais intensa. Além dos jogos que eram disputados aos domingos de manhã, no campo do Cepê, a equipe fazia amistosos no interior e visitou Vargem Grande do Sul, Itapira, Avaré, Catanduva, Santos entre outras cidades. Até um torneio internacional disputado na Argentina recebeu a visita da nossa equipe. Sem falsa modéstia o conjunto era muito bom e não faltavam desafiantes para nos enfrentar. As fotos deste período guardam recordações inesquecíveis de um grupo talentoso e vencedor.

Equipe do Cepeusp, jogo em Vargem Grande do Sul

De pé: Gato, NI, Tata (ex Portuguesa de Desportos), Emédio, Serginho, Zé Carlos e Ricardo. Agachados: Toni, Cido, NI*, J.A. Cortez e Guilherme. NI = não identificados.

Jogo no Cepeusp

*De pé: da esquerda para a direita; Romeu, NI, Nenê, Gato, Cacá, Alemão, Emédio, Zuca e Ricardo. Agachados; Ivo, NI, J.A. Cortez, Clodoaldo, NI e Pedro. NI = não identificados.

4-Fase de amistosos – SEME (Secretaria Municipal de Esportes) da Prefeitura de São Paulo

Seleção de Veteranos da Secretaria Municipal de Esportes da Prefeitura de São Paulo

O maior incentivador da minha vida esportiva, meu pai, não chegou a ver os jogos que fiz ao lado de ex-craques como Dorval, Prado, Bellini, Homero, Fernando Sátiro, Paulo Borges, Paraná entre outros. Caio Pompeu de Toledo, na época secretário municipal de esportes da prefeitura de São Paulo e candidato a deputado federal, com ajuda do prof. Waldir Pagan Peres, organizou uma equipe itinerante para fortalecer e popularizar sua campanha.

Tive o privilégio de participar de inúmeros jogos em cidades do interior do Estado de São Paulo. A caravana visitou São Roque, Alumínio, Itatiba e bairros de São Paulo. A força do futebol e dos ex-jogadores elegeram Caio Pompeu de Toledo que recebeu a votação expressiva no pleito eleitoral realizado em 1978.

Todos os jogos eram divertidos e de boa qualidade, mas um deles, na década de 80, merece meu registro pelo nível dos participantes e por minha atuação. Fomos convidados para inaugurar as novas arquibancadas do estádio do E.C. Pinheiros jogando contra a seleção dos veteranos do clube. O goleiro deles era Aldo, ex-jogador do Corinthians de SP e ex-seleção brasileira. Comecei na reserva e entrei no segundo tempo no lugar do Dorval (Santos F.C.). Imaginem a responsabilidade "sai Dorval e entra Cortez". Sai um ídolo e entra um desconhecido. Nossa equipe perdia por 3 a 1 quando tabelei com Prado (S. Paulo F.C.) e toquei no canto na saída do goleiro Aldo. Quase empatei o jogo após cabecear uma bola cruzada deslocando o goleiro. Infelizmente, para meu desespero, vi o Aldo, que já tinha caído para o lado errado, conseguir desviar para escanteio com o bico da chuteira. Fiquei imaginando a alegria do meu pai, se presente, pudesse ter visto seu filho entrar no lugar do Dorval e quase mudar o resultado do jogo.

No vestiário, me senti recompensado por poder, com mais de 30 anos, partilhar aquele momento com jogadores que foram meus ídolos. Só quem ama o futebol pode compreender a emoção que senti jogando com o capitão Bellini e outras feras que atuaram em grandes equipes do Brasil.

5. Futebol Society – O último reduto dos boleiros

Velhinhos da Fifa

O nome do grupo que, há quase cinquenta anos, joga futebol *society* em Vargem Grande do Sul, surgiu há alguns anos devido aos critérios de seleção dos boleiros que querem frequentar as peladas. Os mais antigos, que continuam jogando, fazem parte de um conselho que se reúne de forma descontraída para aceitar, ou não, novos participantes.

As condições exigidas para fazer parte desta "elite futebolística" são rigorosas no quesito comportamental. Boleiros agressivos, praticantes de jogo violento que não respeitam os adversários, não são admitidos. Este é, provavelmente, um dos motivos para a longevidade do grupo. Outra razão da bem-sucedida confraria é a presença de filhos jogando com os pais nas peladas de sábado à tarde. Todos, desde pequenos, presenciaram ou presenciam o fortalecimento da amizade dos progenitores que se estendeu para a segunda geração. Na parede do vestiário um painel com a foto dos pais e respectivos filhos que jogaram ou jogam juntos serve de motivação para os menores que ainda não estão na idade de participar.

Fundadores dos Velhinhos da Fifa

*Agachados cinco fundadores dos Velhinhos da Fifa. Da esquerda para a direita: Celso, Fernando, Zé Maurício e J.A. Cortez. De pé, na mesma ordem os respectivos filhos, Luís Paulo, Fernando, Maurício e Beto. Ausentes o Ricardo e o filho Mano e Nenê e o filho Eduardo.

Depois de me tornar o mais velho integrante do grupo, parei em 2019 com 71 anos de idade, a lesão de joelho encerrou minha carreira. Antes de mim, pararam Decinho, José Eduardo Proite, Marcos Mazzarini, Ricardo de Melo, Fernando Barticioti, os irmãos Eduardo, Edson e Ernesto Sbardellini, e os irmãos Lucio e Paulo Cossi, todos fundadores dos Velhinhos da Fifa.

Os outros membros do conselho dos Velhinhos da Fifa, estão na faixa entre sessenta e cinco e setenta anos. Meus irmãos Antônio Celso e Luís Francisco, José Maurício, Kiko, Fernando e Cassio Dutra são os remanescentes desta histórica confraria do futebol. Ao longo dos anos outros se afastaram por limitações ocasionadas por contusões ou recomendação médica; Humberto, Tadeu, Wilsinho,

Roberto, Nenê, Heitor e Totó Ferreira. Outros por compromissos profissionais; Ronaldo, Joãozinho, Mano, Maurício (Rato), Luisinho, Cícero, Marreta, Cadini, Marcelo Gabriolli, Paulo Zarif, Eduardo Scacabarozi, Canhoto, Chico Marti, Luís Paulo, Beto Cortez e Edvaldo.

Muitos penduraram as chuteiras e desapareceram, mas infelizmente, alguns poucos faleceram. As mais sentidas das perdas aconteceram há algum tempo. Nos deixaram, precocemente o Valério, o Nicola, companheiro no Bangu F.C., no IV Centenário e nas peladas de futsal no Tenis Clube Vargengrandense, o Noronha, o Cristiano (Tiano) e o Dinho.

Ausências que abalaram emocionalmente a todos, mas fortaleceu-se a vontade de continuar jogando juntos, desde 1985 no Sítio Cidreirinha. Do excepcional gramado do campo, onde nos fixamos depois de passar por várias localidades, podemos olhar para o passado e recordar cada etapa vivida em lugares diferentes. Começamos, no final da década de sessenta na Chácara Japonesa, dos irmãos Carril e depois novos "estádios" foram sendo utilizados. Jogamos muito tempo num gramado pequeno, menor que uma quadra de basquetebol, que só permitia cinco contra cinco, incluindo o goleiro. O campinho, do sítio do Eduardo Sbardellini recebeu até iluminação, graças ao dinheiro arrecadado com uma rifa de um televisor. A mão de obra especializada ficou por conta dos irmãos Dutra, Cássio e Fernando, também fundadores dos "Velhinhos da Fifa". Outro endereço foi a chácara do Sr. Archimedes Pistoresi, onde permanecemos pouco tempo. Depois usamos o campo do sítio do meu cunhado, João B. de Mello, durante alguns poucos meses. Paulinho Morandin, já falecido, foi outro a quem devemos agradecimentos por ter cedido o gramado da sua chácara durante a nossa peregrinação.

Todos colaboraram para a continuidade do grupo, sem eles não teríamos uma história de mais de cinquenta anos de peladas. Centenas de boleiros tiveram a oportunidade de jogar eventualmente ou periodicamente conosco. O grupo sempre foi receptivo com visitantes, amigos de amigos, que passavam pela cidade durante as férias ou feriados prolongados. Hoje, boleiros apaixonados como o padre Adilson (ex-pároco das igrejas de Santa Luzia e São Joaquim), Alvinho, Edinho, Marcio, Duda, Antônio, Leão, Valdir, Calito, Vladi, Edson, Baca, Lyan, Rafael, Canela, Carlos Aliende, Matheus, Maurício, Luis

Seike, André, Branco, Luís Francisco e Antonio Celso Cortez, Igor, Cassinho, Pedro, Luís Miranda e Fernando Dutra contribuem com o espetáculo e histórias que já fazem parte do folclore dos "Velhinhos da Fifa". O padre Adilson se revelou pelos lances improváveis e ficou conhecido pela facilidade de fazer "gols espíritas".

Fundadores dos Velhinhos da Fifa

*De pé: José Eduardo, Fernando, Kiko, Cássio, Ricardo e Celso Cortez. Agachados: Décio, José Maurício, José Alberto e Luís Francisco Cortez.

Clube Alto dos Pinheiros

Em 1984 identificamos, minha esposa Beatriz e eu, a necessidade de frequentar um clube para proporcionar vida social e esportiva para os filhos. Embora trabalhasse no Clube Pinheiros, onde fiz grandes amizades, optamos por nos associar a um clube mais próximo da nossa residência e escolhemos o Alto dos Pinheiros. O clube tinha, até então, um campo de areia para a prática de futebol *society*. Todo domingo cedo os boleiros chegavam e colocavam o nome na lista que servia para organizar a sequência de jogos. A pelada servia de vitrine para os sócios novos, como eu, serem vistos jogando e, dependendo da atuação, receberem convites para disputar o "Panelas", nome dado ao campeonato mais importante do clube.

Disputei meu primeiro campeonato pelo Guerrilheiros, time dos irmãos Arnaldo e Durval. Era uma competição marcada por muita rivalidade e pela presença de muitos torcedores nos chamados "clássicos" envolvendo as equipes favoritas ao título. No ano seguinte, já enturmado e conhecido, fui convidado para jogar no River Plate, equipe estreante composta por veteranos.

River Plate do clube Alto dos Pinheiros

*De pé: Paulo, Marco Altobelli, Roberto. Agachados: Fernando, Paulo Fava, J.A. Cortez e Caco.

Jogávamos de igual para igual com os jovens de fortes equipes como o Apple, Formiguinhas, Moleques etc. Minha presença no clube motivou a entrada de novos associados de Vargem Grande do Sul. Foi assim que Antonio Celso, meu irmão, Fernando Dutra,

Fernando Bartichiotti e, anos mais tarde, Marcelo Gabriolli, todos vargengrandenses, se associaram. Os dois "Fernandos" foram contratados para serem titulares do River Plate.

A equipe ficou mais forte e ficamos entre os quatro finalistas do campeonato daquele ano. O campo de areia desapareceu, com a chegada da grama sintética e, junto com ele boas lembranças de grandes partidas disputadas durante a semana à noite e nas tardes de sábado. Além do Panelas o clube organizava, o Super Coroas, campeonato exclusivo para veteranos. O River Plate, devido à idade dos seus jogadores, deixou de disputar o Panelas e, com o mesmo grupo, continuou disputar o Super Coroas. A presença constante dos familiares no clube e a oportunidade de continuar jogando com novos amigos reduziu o número de viagens para o interior. Mesmo assim perdemos a final do primeiro campeonato organizado para pais jogarem com os filhos, na mesma equipe, porque viajamos. Após vencer uma duríssima semifinal por 3 a 2, na quarta-feira à noite, meu filho e eu faltamos na decisão que aconteceu no sábado. Nosso goleiro Fantoni, ícone do clube, nunca nos perdoou pela ausência, nem nós. Com razão, porque desfalcamos nossa equipe e entregamos a vitória para o adversário.

Emoção indescritível poder jogar com o filho. José Alberto e Beto Cortez

Ao lado dos "caipiras" de Vargem Grande do Sul se juntaram os de Araraquara liderados pelo Ney Bombarda, Toninho Módulo, Zé Silvério, Emílio e Sérgio Petrilli organizamos uma competição denominada "Vetor" – veteranos do interior. A caipirada enfrentava os paulistanos, comandados por Miguel Paladino, Moacir, Kaco, Otávio, Berto, Sérgio Barba, Marco Altobelli, Serjão etc., em diferentes modalidades esportivas, coletivas e individuais. Toda família participava, homens, mulheres e crianças. O desafio acontecia no interior e na sede do clube em São Paulo em anos alternados. Não durou muito tempo, mas marcou profundamente nossos filhos e os filhos dos amigos pelo exemplo de amizade entre todos os participantes. Conseguimos colocar Vargem Grande do Sul na rota turística de muitos associados do Clube Alto dos Pinheiros.

O futebol, esporte que motivou a criação do Vetor, mais uma vez, serviu para oportunizar novos vínculos para todos os membros da família. Atualmente, meus filhos continuam sócios do clube. Claudia e Beto moram no exterior com suas famílias, mas Patrícia, filha mais velha, casada com o boleiro palmeirense Igor e mãe do Enzo continuam vivendo em São Paulo e são assíduos frequentadores. Meu filho Beto que disputou muitos Panelas, hoje mora em Orlando com os filhos Helena e Pedro e a esposa Liza. Claudia, a caçula casada com o corintiano Dario, mora em Pleasant Hill, na Califórnia, onde nasceu minha neta Julia.

São Bié Herói e Nicolau Cury

Antes de me associar ao Clube Alto dos Pinheiros joguei muitos sábados no sítio do Nicolau Cury e de outros sócios. Nos finais de semana que permanecia em São Paulo era lá que eu me divertia. Foi onde encontrei uma das turmas mais unidas que conheci. Nicolau, protético, ex-goleiro da Botucatuense, foi quem me introduziu no grupo. Ele frequentava o programa de condicionamento físico da Fitcor porque o cardiologista que o acompanhava optou pela reabilitação, com exercícios físicos, e descartou a revascularização que havia sido indicada. Boleiro apaixonado pelas peladas conseguiu reunir médicos e outros profissionais liberais aos sábados para jogar futebol society em gramado para oito jogadores.

Jogos disputadíssimos com muitas discussões que acabavam em risadas depois de alguns copos de cerveja. Boas lembranças ficaram da convivência com os irmãos Bié, Homero e Fernando, com o Madureira e com os médicos Gilberto, Geraldo e Newton Karas, entre outros. Parei de frequentar o local, mas o grupo, renovado, continuou jogando um bom tempo motivados pela presença do Dr. Franklin, ortopedista do Hospital Sírio Libanês.

Os participantes foram mudando ao longo dos anos, mas continuava com a presença marcante do goleiro Nicolau. Ele não desistia, os expoentes da geração dele, Yashin, o Aranha Negra, Gordon Banks e Carbajal já tinham morrido e ele continuou jogando muito tempo, desafiando os atacantes com defesas corajosas e surpreendentes. Nicolau faleceu num sábado à noite, mas antes, no mesmo dia à tarde, visitou os boleiros, vestiu o uniforme de goleiro, bateu bola e tirou fotos. Foi se despedir do grupo com 91 anos de idade e sem carregar no peito cicatriz da revascularização. Boleiros são assim, não desistem fácil, cada encontro de sábado rejuvenesce e nos remete ao passado cada vez mais distante.

O inesquecível goleiro Nicolau J. Cury e o Prof. J.A. Cortez

6. José Cortez, o grande incentivador dos boleiros da família

Nem sempre os filhos seguem a profissão do pai e isto não é incomum. Nem sempre os filhos torcem para o time do pai e isto também não é incomum. Entretanto, meu pai que só tinha o primário, inconcluso, teve a felicidade de ver dois filhos e sete netos realizarem seu sonho e se formarem em direito. Os quatro filhos concluíram o curso universitário e, para sua grande alegria, todos são palmeirenses. Só teve uma filha, mas o genro, João Batista, torce para o Palmeiras. José Cortez adorava futebol e eu e meus dois irmãos jogamos desde pequenos. Não me tornei um jogador profissional, como ele sonhava, mas tenho certeza que teria ficado muito mais feliz se pudesse ter me visto como professor de futebol da Escola de Educação Física e Esporte da USP. Sempre nos acompanhou e incentivou a praticar esportes. Foi treinador da equipe de Dentes de Leite da cidade (foto) para estimular meu irmão caçula.

Meu pai e os dentes de leite

*Meu irmão Luís Francisco é o quarto agachado da esquerda para a direita.

Para homenageá-lo o prefeito Celso Ribeiro e a Câmara Municipal de Vargem Grande do Sul, deram o nome dele ao "Centro

Esportivo e Educacional José Cortez", construído na Vila Santana, da qual ele foi um dos fundadores e presidente da equipe de futebol que levava o nome do local. José Cortez foi nosso companheiro e principal torcedor. Sempre acompanhou meus jogos em Vargem Grande do Sul e nas cidades vizinhas. Assistia sozinho no alambrado, longe dos torcedores que estavam nas arquibancadas. Quando saía alguma confusão ou briga na torcida eu já sabia que ele estava longe e continuava jogando tranquilo. Sempre preferiu ficar distante dos comentários favoráveis ou ofensivos dos torcedores sobre a minha atuação. Nunca fez cobranças ou colocações que pudessem me magoar. Só emitia opinião se eu perguntasse o que tinha achado do meu desempenho. Mesmo assim sem ferir minha sensibilidade. Nesta última parte do livro os três boleiros da família homenageiam aquele que foi pai, amigo, treinador, torcedor e conselheiro.

Irmãos boleiros

*Da esquerda para a direita, Antônio Celso, Luís Francisco e José Alberto.

SOBRE O LIVRO
Tiragem: 1000
Formato: 14 x 21 cm
Mancha: 10 x 17 cm
Tipologia: Garamond 11,5/10
Arial 7,5/8/9
Papel: Pólen 80 g (miolo)
Royal Supremo 250 g (capa)